AF211419

Einmal Europa bitte:
Hin und ...

Reza Eftekhari

Meinen herzlichen Dank an meinen Freund
Gerlach Schoenfelder

Für seine freundliche Unterstützung

Erste Auflage   2002
Reza Eftekhari

Alle Rechte vorbehalten, insbesondere das des Öffentlichen Vortrags, der Übertragung durch Rundfunk und Fernsehen, sowie der Übersetzung und Aufführung, auch einzelner Teile.

Herstellung: Books on Demand GmbH
ISBN 3-8311-4295-5

Umschlag nach einem Entwurf von Saed Maleki

Personen :   **Der alte Mann**

                Der junge Mann

(Der alte Mann bleibt hinter der Bühne, und von dort redet er zum Publikum.)

Meine sehr geehrten Damen und Herren! Erst einmal guten Abend und herzlich willkommen. Obwohl es mir sehr schwer fällt, muss ich Ihnen heute Abend leider mitteilen, dass das vorgesehene Theaterstück nicht aufgeführt wird.
Es war so: Kurz vor Ihrem Ansturm wurde mir auf einmal klar, dass diese Aufführung sinnlos und absurd ist. Warum und wieso fragen Sie? Sehen Sie: Ich habe es mir überlegt. Wir verstehen uns sowieso nicht. Wir sprechen nicht dieselbe Sprache. Wir haben keine gemeinsamen historischen, gesellschaftlichen und kulturellen Verbindungen. Unsere Interessen liegen sehr weit auseinander.

Ich weiß, ich weiß... Eigentlich ist es ja zu spät, um solche Ankündigungen zu machen. Aber, wie gesagt, ich hatte nicht genug Zeit, rechtzeitig abzusagen. Es tut mir furchtbar leid. Doch ich kann nicht anders. Sehen Sie, es ist ja zwecklos, dass wir uns für ein paar Stunden vertragen bzw. erdulden und dann am Ende doch fremd und weit voneinander entfernt bleiben.

Ich sagte mir: Es ist doch blöd, ich werde spielen, reden, erklären, schwitzen, und auf der anderen Seite sitzt ihr da und hört und seht, was ich hier auf der Bühne mache und am Ende... ein kleiner Applaus aus Mitleid und dann... Aus und vorbei für immer und ewig. Ihr geht nach Hause und denkt dabei: Na ja, war nicht schlecht. Die armen Schweine haben es hier nicht leicht.

Sehen Sie, es ist doch egal, ob diese Aufführung stattfindet oder nicht. Wir bleiben uns trotzdem fremd und unerreichbar. Wir können uns doch aber diese sinnlose Spielerei sparen. Ihr geht nach Hause, und ich werde meine Sachen aufräumen und verschwinden. Vielleicht sollte ich nicht alles so negativ und grau sehen. Wissen Sie, eigentlich bin ich kein Mensch, der alles schwarz und negativ sieht, weil mal nicht gerade alles bunt und positiv aussieht. Verstehen Sie, was ich meine? Es ist ja ein bisschen philosophisch und ziemlich kompliziert, aber ich will nicht mehr darüber reden.

Schließlich habt ihr Geld für ein Stück Theater bezahlt und nicht für einen philosophischen Vortrag! Außerdem bin ich nicht darauf vorbereitet, und es ist mir auch sehr peinlich, mich in einem Land, in dem es so viele Denker und Philosophen gibt, darzustellen. Also lassen wir das. Kümmern wir uns um das Hauptproblem. Das Eintrittsgeld, das ihr bezahlt habt. Na ja! Mal sehen. Im Moment fällt mir nichts Besonderes ein, aber ich werde euch kurz verlassen, um mit der Verwaltung darüber zu reden und eine vernünftige Lösung zu finden. Bis dahin möchte ich euch bitten, eure Plätze nicht zu verlassen. Ich danke vielmals für euer Verständnis.

(Der alte Mann hängt ein Schild,, bin gleich wieder da!" auf und danach hört man eine orientalische Musik. Wenig später tritt der junge Mann ein. Ruhig und höflich.)

Guten Abend. Guten Abend. Hallo! Hallo! Ich weiß. Ich weiß, Es ist sehr peinlich, schlimm, unglaublich, Unvorstellbar. Wie kann man so was machen? Unverschämt! Böse! Unverantwortlich! Grausam! Undiszipliniert. Es ist eine Schande. Grundlos eine Aufführung abzusagen und ein so nettes Publikum wieder nach Hause zu schicken! Na ja, vielleicht hat er seine Gründe. Gründe! Sicherlich ein paar lächerliche Erklärungen. Wissen Sie, ich war auch überrascht, als er diese Absage bekannt gab. Eigentlich hätte ich vorher davon erfahren müssen, aber es ist ja in kurzer Zeit und sehr plötzlich passiert. Bevor ich es richtig begreifen konnte. Ich vermute, er wollte nicht, dass ich etwas davon erfahre. Warum und wieso? Ich werde versuchen, es Ihnen zu erklären. Oh, es tut mir sehr leid. Ich habe vergessen, mich vorzustellen. Es ist mir sehr peinlich. Unverzeihbar. Wie konnte das passieren? Ich bitte um Entschuldigung. Glauben Sie mir bitte, das ist nicht meine Art. Ich meine, jeder hat seine Prinzipien, und von daher ist mir das sehr unangenehm. Ich bitte um Ihre Nachsicht. Ich danke Ihnen. Also, wo waren wir? Ach so.., ja! Moment mal! Was ist das denn für eine Art Musik? Ach ja! Wieder diese schönen bedeutungsvollen Klänge aus seiner Heimat! Traurig und romantisch aus dem Herzen einer fünftausendjährigen Geschichte.
So einen Scheiß kann ich nicht aushalten. Bitte verzeihen Sie diesen Ausdruck. Aber, was soll ich sagen? Ich kann mich nicht richtig konzentrieren, wenn ich diese Musik höre. Sie macht auf mich einen schrecklichen Eindruck. Zuerst macht sie mich nervös, und dann werde ich ruhig und traurig, ohne zu wissen,

warum. Hören Sie mal bitte hin. Diese hoffnungslose, stille, unbewegliche Stimme, die nur Traurigkeit und Niederlagen und Ängste schildert. Eine Art Musik von und für Menschen, die sich im Laufe der Jahrhunderte an alles angepasst haben. An alle Erniedrigungen, Diktatoren, fremde Rassen und deren Armeen. Statt Widerstand zu leisten und ihre eigene Identität zu bewahren, haben sie sich gegenseitig getröstet und mit einem philosophischen Lächeln gesagt: Sei ruhig! Es geht schon bald vorbei. Das ist keine Wirklichkeit. Es ist ja alles nur ein böser Traum. Und mit diesen Gedanken haben sich seine Vorfahren, Dichter, Musiker und Denker beschäftigt, und darüber haben sie Bücher geschrieben und eine Art Musik gemacht, die seit Tausenden von Jahren dieselbe geblieben ist.

Traurig! Traurig. Immer dieselbe Melodie. Sie werden staunen, wenn ich sage, dass er stolz auf diese Musik ist. Unglaublich! Können Sie sich vorstellen? Er genießt sie und manchmal weint er sogar dabei. Besonders, wenn er ein paar Gläschen... Sie wissen schon, was ich meine. Na ja, was wollte ich sagen? Was wollte ich eigentlich sagen? Verdammt noch mal! Ich habe es vergessen. So einfach! Oh Mann, das darf doch nicht wahr sein. So ein Mist.

Entschuldigen Sie bitte den Ausdruck, aber wo war ich? Sehen Sie, wie ich sage, diese Musik bringt mich durcheinander. Ich kann mich nicht richtig konzentrieren. Moment mal! Ich habe eine hervorragende Idee.

(Er geht hinter die Bühne ,legt eine westliche
Musikkassette ein und kommt wieder zurück.)

Also! So läuft es viel besser. Geil, super. Wo waren wir stehengeblieben? Aha, ich wollte mich, oder besser gesagt, sollte mich Ihnen vorstellen. Ich glaube, es wäre logisch, wenn ich zuerst etwas über ihn erzähle und dann über mich. Dann bekommen Sie eine klare Vorstellung von der ganzen Geschichte.

Der Mann, von dem ich nun rede und der das alles hier verursacht hat, ist ein Träumer; ein Künstler ein alter Kämpfer und ein beknackter Spinner. Er ist ein Narr, der zu einer Generation gehört, die einmal mutig und kämpferisch war, die traumhafte Vorstellungen hatten von Gerechtigkeit, Menschlichkeit und Gleichheit. Er ist einer der letzten, vielleicht auch der einzige, der seinem Glauben treu geblieben ist. Kaum zu glauben, aber wahr. Er ist ein Schriftsteller, dessen Bücher bis heute noch nicht übersetzt worden sind, aber trotzdem trägt er immer seine Rede für seine eventuelle Nobelpreisverleihung bei sich. Interessant, oder? Der arme Mann lebt in einer Welt, die längst nicht mehr existiert. Nur für ihn gibt es sie noch. Wie gesagt, er lebt seit Jahrzehnten in seiner Phantasie. Er hat längst seine Beziehung zur Realität verloren. Er schreibt Bücher, die niemals von seinen Landsleuten gelesen werden, schreibt Briefe, die niemals abgeschickt werden. Ihr werdet es nicht glauben: Er telefoniert und plaudert sogar mit Leuten, die längst gestorben sind.

Er merkt nicht einmal, dass sein Telefonanschluß schon vor Jahren stillgelegt worden ist.

Ich sagte doch, er ist ein alter professioneller Spinner. Kaum zu glauben, aber es gibt sie immer noch. Und nun, meine Damen und Herren, bin ich an der Reihe. Aber vorab noch eine kleine Information, die auch etwas mit meiner Identität zu tun hat. Er hat seine Heimat vor ungefähr 36 Jahren aus politischen Gründen verlassen und lebt seitdem im Exil in Europa. Also, kommen wir nun zum Höhepunkt des heutigen Abends. Ladies and Gentlemen, mein sehr verehrtes Publikum!

Gestatten Sie mir bitte, mich vorzustellen. Ich bin sein schönster und intelligentester Teil, der hier geboren wurde. Ich bin sein Leben im Exil. Na ja! Ich bin die Hälfte seines Lebens. Mit anderen Worten, ich bin seine Erfahrungen und seine Erlebnisse, alles, was er hier gelernt und gemacht hat. Gerade deswegen bin ich der einzige, der ihn sehr gut kennt, besser als alle anderen. Ich kenne ihn sogar besser als seine Familie, die längst... da kommt er! Ich höre seine Schritte. Bitte verratet nicht, dass ich hier war. Ich danke Ihnen. Wir sehen uns noch. Bis dann.

(Er zeigt auf das Schild „Ich bin gleich..." und geht raus. Wenig später kommt der alte Mann rein. Er trägt einen schwarzen Anzug und einen Mantel. Er schleppt einen alten Koffer mit sich und einen Regenschirm.)

Entschuldigen Sie bitte, Ich weiß nicht, ob ich hier richtig bin. Warten hier alle Herrschaften auf Godot?

(Er lacht.)

Das war ein Scherz. Ach! So viele Treppen rauf und runter und die langen Korridore entlang zu gehen hat mich müde gemacht. Es sieht hier aus wie in einem grauen, kalten Labyrinth, in dem man sich unfreiwillig verlaufen könnte. Ein Labyrinth ohne Hinweiszeichen und nötige Schilder. Entschuldigen Sie bitte! Wissen Sie, wo Godot steckt? Ich meine die Verwaltung... Typisch! Wie immer. Keiner weiß etwas und trotzdem sitzen alle da und warten. Ohne zu wissen, wieso und warum. Entschuldigen Sie bitte, ich habe vergessen zu fragen, wer hier der letzte in der Reihe ist, oder gibt es hier solche Geräte, aus denen man so Zahlen rausziehen kann?

(Er geht hin und her, setzt sich auf seinen Koffer und versucht, sich an ein altes Lied zu erinnern, aber die laute Musik stört ihn dabei.)

Oh, Mann! Diese Musik macht mich verrückt. Warum lässt man solch einen Krach in öffentlichen Gebäuden überhaupt zu?

Das nennt man Musik?! Das ist ja mehr ein Zeichen für eine kranke Zivilisation, sonst nichts. Das ist ein Untergang, eine Niederlage für alle Bemühungen, die durch geniale Musiker angestellt worden sind. Ich glaube, dass sich die echten Genies, die sich mit den Melodien aus den Tiefen der Herzen und Seelen beschäftigt haben, sich jetzt in diesem Moment in ihren Gräbern umdrehen.

Ich hasse diese Musik, diese verrückten, unerzogenen, wilden, blöden, untalentierten Leute, die nur schreien und Hasch rauchen und davon überzeugt sind, dass sie die letzten Propheten unserer Zeit sind. Sie sind gar nichts. Ein Haufen von billigen und komischen kleinen Fischen, die nur an der Wasseroberfläche schwimmen und glauben, sie würden den tiefen Ozean des Lebens kennen. Hmm! Kleine stinkende verrückte Fische! Könnten Sie das bitte leiser stellen? Hundertmal habe ich zum Hausmeister gesagt, dass diese jungen Leute, meine Nachbarn da oben, viel Lärm machen. Ohne Ergebnis! Wissen Sie, bei uns werden die älteren Leute mit Respekt und Würde behandelt. Je älter man ist, desto höher ist das Ansehen. Aber hier wird man wie eine Last behandelt. Kein Respekt, keine Höflichkeit.

Die jungen Leute glauben, sie werden immer jung und schön und kräftig bleiben. Sie wissen nicht, dass auch sie eines Tages zu dieser kalten und faden Suppe eingeladen werden. Ohne Absagerecht.

Morgen werde ich in meine Heimat zurückkehren. Ich werde auf der sonnigen Straße spazieren gehen und alle jungen Leute werden mich höflich und freundlich begrüßen und empfangen.

(Er spielt.)

- Guten Morgen, mein Herr!

- Was wünschen Sie, sehr verehrter Meister?
- Einen schönen guten Tag! Wie geht es Ihnen?
- Es ist für uns eine Ehre, einen so berühmten Künstler bei uns zu haben. Meister! Jedes Mal beim Gebet bete ich für Ihre Gesundheit.
- Meister! Sie sind ein weiser Mann. Sie haben die Welt gesehen. Ich bitte Sie um Ihre kostbaren Ratschläge.
- Was für ein schöner Nachmittag, sehr verehrter Meister! Bitte sehr, wie immer... guter Tee und frische, süße Datteln.
Ich danke Ihnen! Danke vielmals. Gott segne Sie! So ein Genuss, auf der sonnigen Straße der Heimat zu laufen. Bald... bald.
Halten Sie bitte an! Halten Sie! Ich will aussteigen. Ich möchte raus. Ist das hier ein öffentliches Verkehrsmittel oder eine fahrende Disco? Ich will aussteigen. Danke. Verdammt noch mal! Jeden Tag wird es schlimmer.

(Er verlässt die Bühne und begegnet hinten dem Jungen Mann.)

- Verzeihen Sie bitte! Wissen Sie wo das Verwaltungsbüro ist?
- Es tut mir leid! Ich weiß es nicht.
- Verdammt noch mal! Wer weiß es dann?
- Alter Mann! Vielleicht wissen es die Götter!

(Er lacht.)

- Ha, ha, wer kümmert sich schon um die anderen? Die verdammten Götter spielen seit Ewigkeiten nur mit ihren Eiern.

(Der junge Mann kommt rein.)

Er sucht und sucht weiter. Treppen rauf, Treppen runter. Und er merkt dabei nicht, dass er mehrere Male am Verwaltungsbüro vorbeimarschiert ist. Ich habe doch gesagt, er ist ein alter Träumer. Er hat noch nicht mal mich wiedererkannt. Er ist so fern von der Realität, dass er weder Euch noch seine Bühne oder den ganzen Müll hier bemerkt. Er ist immer woanders, als er sein sollte. Er redet und handelt mit Leuten, die überhaupt nicht da sind! Er hat nie das gemacht, was im richtigen Moment richtig gewesen wäre. Na ja! Es fallen mir Hunderte von Beispielen ein. Nehmen wir nur den heutigen Tag. Er hat sich seit Monaten bemüht, dieses Stück zu schreiben, und dann hat er geübt und geübt und versucht, seine alte Form als Theatermacher wiederzufinden. Die ganzen mühsamen, schwierigen Körperbewegungen, dieses komische Atmen und Vokabelübungen... und jetzt, statt das Stück auf die Bühne zu bringen, weigert er sich und lehnt das ab.

„ Wir sind uns fremd und bleiben auch Fremde". Na und? Erwartest Du vielleicht, dass sich durch dieses Theaterstück die ganze Menschheit näher kommt und begreift, dass wir alle Kinder der Mutter Erde sind und es keinen Unterschied zwischen uns gibt? Du irrst dich wieder mal, du Irrer!

Aber, Moment mal... dieses Stück? Wovon handelt es überhaupt? Wieso weiß ich nichts davon? Was macht dieser alte Opa? Warum habe ich keine Ahnung, was er geschrieben hat, warum?

Ich verstehe das nicht. Ich begreife es nicht. Eine totale Scheißsituation. Wie konnte das passieren? Ich war doch die ganze Zeit bei ihm. Irgend etwas stimmt hier nicht. Hat er etwas geschrieben, oder nicht? Wenn ja, dann muss ich davon wissen. Auch, wenn er es nicht getan hat. Ich war doch dabei und habe gesehen, dass er lange mit einem Text beschäftigt war, auch wenn das in seiner Muttersprache war, die ich nicht besonders gut verstehe. Aber Moment mal! Warum hat er das getan? Und warum die Absage dieser Aufführung? Ich muss unbedingt diesen Text finden. Er muss die Lösung für dieses Rätsel sein. Ich bin mir ganz sicher. Es bleibt nur die Frage, wo der Text steckt. Wo kann er sein? Ich muss ihn suchen, aber wo? Vielleicht bei seinen Sachen, die er hier als Bühnenausstattung hinter seiner weißen Bettwäsche versteckt hat. Vielleicht. Ich muss aber überall suchen.

(Er fängt an zu suchen.)

Da kommt er wieder. Ich muss weg. Aber ich verspreche Ihnen, diesen mysteriösen Fall aufzuklären. Bis dann.

(Er geht raus, und danach kommt der alte Mann rein.)

Ich glaube, ich bin wieder in denselben Bus eingestiegen. Wieder diese unerträgliche Musik!

(Er will die Bühne verlassen, aber...)

Irgendwie kommt mir hier alles bekannt vor. Ich bin mir nicht sicher, aber... die ganze Atmosphäre, der Geruch, die Lichter, diese Kälte, das Publikum. Das sieht hier wie eine Bühne aus. Ich glaube, ich war mal hier. Irgendwann. Ich bin ziemlich sicher, dass das ganze hier schon einmal stattgefunden hat. Vielleicht sind wir uns, wie gesagt, schon in unserem vorherigen Leben begegnet. Ich war Schauspieler, und Sie waren Zuschauer. Wer weiß? Das Leben hat viele verschiedene Gesichter.

(Er schaut sich um.)

Interessant! Es sieht wirklich wie eine echte Bühne aus. Und Sie, Sie sehen auch echt aus. Oh mein Gott! Vielleicht findet hier eine echte Aufführung statt. Entschuldigen Sie bitte! Warten Sie hier auf jemanden? Ich meine auf Schauspieler oder so was? Es tut mir leid. Ich wollte Sie nicht stören. Du alter

Trottel, mitten in einer Aufführung kommst Du rein und machst alles kaputt. Meine Herrschaften, glauben Sie mir bitte, ich hatte keine Ahnung, dass hinter dieser Tür ein Theaterstück läuft. Bitte glauben Sie mir, bitte! Es gab keine Hinweisschilder oder so etwas ähnliches. Verzeihen Sie mir! Was für eine Schande!

(Er ist ratlos und geht hin und her.)

Ich verlasse die Bühne und werde sofort gehen. Komisch! Das kommt mir irgendwie bekannt vor. Das ist doch aber meine Bettwäsche, oder? Doch, doch! Es sind meine Sachen. Wer hat das alles hier hergebracht, und warum? Ich verstehe das nicht. Ach! Diese verdammte Welt ist so durcheinander, ich begreife es nicht. Bitte verzeihen Sie meine unnötige Anwesenheit, aber haben Sie bitte dafür Verständnis. Ich muss rausfinden, wieso meine Bettwäsche hier ist. Das ist ja rätselhaft! Ich bin mir fast sicher, dass es meine eigenen Sachen sind. Ich werde doch nicht abgeschoben? Ich habe doch gar nichts gemacht, keine Fenster eingeworfen, keine Straßenbarrikade aufgebaut. Ich habe bis jetzt auch niemanden beleidigt und an keiner Demonstration teil genommen. Vielleicht wurde mein Mietvertrag gekündigt, aber ich habe die Miete immer bezahlt.
Normalerweise müsste ich eine Mahnung oder Mitteilung bekommen haben, das ist doch die Regel. Moment! Ich habe die Post noch nicht geöffnet. Kann sein, dass irgend etwas dabei ist. Mal sehen...

(Er redet mit den Leuten hinter der Bühne.)

Liebe Kollegen, meine lieben Kameraden, bitte haben Sie Geduld. Ich brauche nur ein paar Minuten, um rauszufinden, wer hier für dieses Chaos verantwortlich ist. Dann werde ich Sie sofort verlassen. Ich danke Ihnen für Ihr Verständnis. Und noch eine kleine Bitte: Machen Sie diese blöde Musik leiser. Für

welches Stück wurde diese Musik geschrieben? Mittagspause in der Hölle... ?
Zuerst muss ich die Briefe, die ich heute bekommen habe, kontrollieren, vielleicht finde ich einen Hinweis.

(Er holt aus seiner Tasche zahlreiche Briefe und dabei fallen einige von ihnen runter.)

Da ist ja eine Einladung für eine Art Talkshow. Lassen wir das. Das sind die Honorarüberweisungen. Und das... eine Einladung von der Kunstakademie. Aha! Vielleicht ist das... Sehr geehrte... was soll ich? Eine Ansprache bei der Eröffnung des Kunstmuseums? Ich mag so etwas nicht. Da sind die Briefe aus meiner Heimat. Die haben nichts mit der Sache zu tun, oder vielleicht doch.

(Er liest vor)

Sehr geehrter Meister, Ihr letztes Buch ist ein großartiges Werk. Sie sind einer der bedeutendsten Schriftsteller unserer Zeit... Das auch nicht. Was ist das denn? Termine! Wozu denn? Ich habe doch eine gültige Aufenthaltserlaubnis. Ich verstehe es nicht. Die Miete ist auch bezahlt. Was soll das?

(Er liest weiter.)

Ich bin ein Esel. Das sind doch Terminvorschläge für ein Interview. Ach was! Ich hasse Interviews. Das ist doch alles Quatsch.
- Wie beschreiben Sie Ihr Leben hier bei uns?
- Welche Einflüsse hat die Emigration auf Ihre Werke?
- Hat das Leben im Exil Ihre Vorstellungen von Kunst und Literatur grundsätzlich oder teilweise geändert?
- Was denken Sie über die neuen Ereignisse in Ihrem Land?

- Träumen Sie manchmal von Ihrer Rückkehr?
... Scheiße. Ich hasse solche Interviews. Blödsinn ist das.
- Welche Umweltprobleme gibt es da unten bei Ihnen?
Ach diese Musik! Sie ist wie eine Art elektronische Folter.

(Er sucht weiter in seinen Taschen.)

Wonach suche ich eigentlich? Aha! Ich muss ja unbedingt das Verwaltungsbüro finden, um die Sache mit dem Stück in Ordnung zu bringen. Aber wo finde ich diese Kalendermänner, die ohne ihren Kalender ratlos und verloren sind, genau wie ein junges Kamel, das ratlos auf einer langen Asphaltstraße in der Wüste steht und nicht mehr weiß wohin! Das ist aber ein schönes Bild! Ein Mann ohne Kalender ist wie ein verlorenes junges Kamel. Das muss ich mir unbedingt aufschreiben.

(Er sucht nach Papier und Stift.)

Das ist ein guter Spruch. Da kommt mir eine Idee für eine Kurzgeschichte... Eines Tages, ein junger, erfolgreicher, sehr beschäftigter und aktiver Mann... Es wäre besser, bevor ich mich mit dieser Geschichte beschäftige, erst rauszufinden, warum meine Sachen hier sind.
Kollegen! Gleich werde ich fertig sein. Ich muss die ganze Sache hier analysieren, nach meinen Methoden. Also fangen wir an!
Das hier ist die Bühne. Da sind die Leute. Und das hier sind die Sachen, eine Art Bühnenausstattung. Und hier bin ich. Also! Für das Ganze hier muss es eine logische Erklärung geben.

(Er denkt nach und plötzlich...)

Oh mein Gott! Das hier ist mein eigenes Bier, wie man so schön sagt. Die ganze Zeit habe ich mich wie ein Idiot benommen. Es tut mir sehr leid. Es ist mir sehr peinlich. Wie konnte das passieren...

Was ist los mit mir? Ich fühle mich nicht wohl, irgendwie. Ich weiß nicht... Ach, diese Musik, sie macht mich verrückt. Woher kommt sie überhaupt? Das hier ist schließlich meine Bühne, mein Abend. Ich bestimme hier, was für eine Musik gespielt wird und nicht die anderen. Außerdem habe ich eine Musikkassette aus meiner Heimat einlegen lassen. Ich verstehe das nicht. Was soll das? Irgend etwas stimmt hier nicht. Würden Sie bitte auf meine Sachen aufpassen? Ich bin gleich wieder da. Vielen Dank.

(Er verläßt die Bühne und redet dabei mit sich selbst.)

Ich wusste es! Ich wusste es, dieser verdammte Judas! Dieser hinterhältige Verräter! Dieser hochnäsige, schamlose Intellektuelle! Er war hier.

(Er kommt rein.)

Er war hier. Die ganze Zeit, als ich auf der Suche war, hat er die Gelegenheit genutzt und hinter meinem Rücken alles gemacht, was er wollte. Er hat meine Kassette rausgeholt und seine Lieblingskassette reingetan. Sie kennen ihn nicht. Jedes mal, wenn ich in Gedanken bin, oder beim Schreiben, dann fühlt er sich frei und verlässt mich. Ich bin sicher, dass er sich reingeschlichen hat, als ich in den langen Korridoren auf der Suche nach dieser verdammten, unsichtbaren Verwaltung war. Er hat Ihnen bestimmt etwas über mich erzählt. Er hat sicherlich versucht, sich auf hervorragende Weise zu präsentieren. Ein intelligenter Mann mit guten Manieren und Bescheidenheit. Ein junger Mann mit Anpassungsfähigkeit und guten Sprachkenntnissen. Ha, ha, ich lache mich tot. Ein höflicher und sympathischer Mann, der sich richtig benehmen kann.

Besonders, wenn er beleidigt wird. Ein richtiger Gentleman, aber drittklassig! Ein Schmeichler ist er. Nicht mehr. Mein sehr verehrtes Publikum, ich entschuldige mich für diesen unvorhergesehenen Zwischenfall. Ich weiß. Ihre Zeit ist kostbar. Viel kostbarer als meine. Bitte seien Sie unbesorgt. Ich werde die Verwaltung finden, und Sie werden Ihr Geld zurückbekommen. Ich mache mich auf die Suche, und, was diesen Verräter betrifft, glauben Sie ihm kein einziges Wort. Und was diese moderne Musik betrifft...

(Er wirft die Kassette auf den Boden und zertritt sie. *)*

Ich bin gleich wieder da, und die Geschichte über den jungen, erfolgreichen Mann werde ich Ihnen später erzählen.

(Er geht raus und legt wieder seine Kassette ein.)

- Verzeihen Sie bitte! Wissen Sie, wo... ?
- Nein, tut mir leid. Ich weiß es nicht.
- Sie wissen auch nicht...
- Das weiß ich auch nicht.
- Wissen Sie zufällig, ob...
- Nein. Zufällig weiß ich nicht, ob.
- Vielen Dank.
- Bitte. Gern geschehen.

(Der junge Mann kommt rein.)

Ich bin wieder frei. Er ist schon wieder in seinen tiefen Gedanken abgetaucht. Jedes Mal, wenn er mit neuen Ideen und Geschichten beschäftigt ist, oder wenn er in seiner Vergangenheit schwebt oder mit Unsichtbaren redet, dann werde ich ihn los. Früher war es nicht so. Wir waren öfter zusammen und haben vieles erlebt, viele Erfahrungen gemacht und auch vieles gelernt.

Er war sehr aktiv und voller Energie und wollte möglichst vieles wissen. Er kam hierher- jetzt kommt ein bisschen Geschichte auf den Tisch- er kam hierher. Eigentlich unfreiwillig. Nachdem es da unten, in seinem Land, unangenehm wurde. So was wie ein politischer Krach. Na! Die Leute konnten sich ja gegenseitig nicht ertragen. Im Grunde wussten sie nicht, wie man miteinander umgehen muss. Dadurch wurde das Leben für diejenigen, die intelligenter und empfindlicher waren, schwerer und in einigen Fällen sogar unmöglich. Aufgrund einer Reihe von unschönen Ereignissen hat ein großer Teil der Unzufriedenen das Land verlassen. Er war einer von denen. Sie nahmen nur ihre leeren Taschen und ihre Träume mit.

Er fing bei Null an. Er kämpfte gegen alle Schwierigkeiten und Hindernisse, die ihm im Wege standen. Und da beginnt der schönste Teil der Story. Meine Damen und Herren, ich wurde geboren. Ich kam als zweite Phase seines Lebens, die bessere, erfahrenere und kultiviertere auf die Welt. Ich habe die Sprache gelernt, es war nicht einfach. Und die ganzen Verhältnisse, die man in der Fremde kennenlernen muss. Wie gesagt, er nährte mich mit seinen Erfahrungen, Gefühlen und Erinnerungen aus seiner Heimat, und ich habe ihn mit neuen, vor uns liegenden Welten bekanntgemacht. Am Anfang lief alles prima, und wir waren optimistisch. Wir haben viel zusammen unternommen, sind viel gereist und haben interessante Leute kennengelernt. Er schrieb Bücher und versuchte, mit seinen Landsleuten Kontakt aufzunehmen. Er war bei jeder kulturellen Veranstaltung dabei und versuchte auch, mitzuhelfen und engagierte sich für viele gute Dinge. Aber eines Tages fand das große Treffen statt. Es ist schon sehr lange her, aber ich versuche, mich an das, was geschah, zu erinnern. Also, es war so...

Damals, als er und seine Freunde ihr Land verlassen hatten und ins Ausland kamen, haben sie vereinbart, dass sie sich nach

Ablauf der ersten zehn Jahre wieder treffen und über ihre neuen „Ansichten, Erfahrungen und Pläne für die Zukunft" diskutieren wollten. Sie trafen sich nach ihren ersten zehn Jahren im Exil. Sie waren in verschiedenen Ländern und versammelten sich hier bei ihm als erfahrene Politiker, Künstler und Akademiker. Sie haben zehn Tage lang pausenlos diskutiert, gestritten, gelacht und geschrien. Nur beim letzten Abendessen waren alle ruhig und haben kaum miteinander geredet.

Am nächsten Tag, ganz früh, nahmen sie Abschied voneinander, ohne große Worte und Absprachen für weitere Treffen. Worüber sie sich unterhalten haben, und warum der Abschied so traurig war, das konnte ich allerdings nicht herausfinden. Wie gesagt, es ist ja sehr lange her, und außerdem haben die blöden Kerle in ihrer eigenen Sprache diskutiert. Na ja, einige Wörter und Begriffe habe ich schon verstanden. z.B. Zukunftsperspektive, ihre historische Mission für die zukünftige Generation oder so ähnlich, die politischen Ereignisse in der Welt und deren Einflüsse auf die politische Lage in ihrer Heimat, Europa und seine neuen Herrscher, der Weltuntergang und die Aufgabe von Wissenschaftlern und Künstlern, Europa und seine verlorengegangene Toleranz und schwindende Menschenrechte.

Sie haben über Kunst, Religion und die Freiheit und sogar auch über Umweltprobleme geredet. Es war sehr interessant und in mancher Hinsicht auch sehr merkwürdig. Das war alles, was ich von diesem Treffen verstanden habe. Und ich habe nicht die geringste Ahnung, was sie für Konsequenzen gezogen haben. Aber eines weiß ich, nach dieser Begegnung zog er sich zurück und vermied weitere Kontakte mit den anderen. Seitdem lebt er in einer Welt, in der nur Geister und Unsichtbare existieren. Er sitzt den ganzen Tag in seiner dunklen Wohnung und liest und schreibt. Er hat keine Besucher, keine Freunde und überhaupt keine Kontakte zur Außenwelt. Er redet nur mit Unsichtbaren, manchmal veranstaltet er sogar Vorlesungen für sie und liest aus seinen Gedichten und Erzählungen.

Ich verstehe ihn nicht mehr. Allerdings kann ich ihn doch verstehen, wenn er Kontakt zu seiner Umgebung aufnimmt. Wenn er aber isoliert ist und nicht mit den Leuten redet, dann begreife ich nicht, was in seinem Kopf vor sich geht. Ich glaube, dass ich den richtigen Schlüssel für dieses Rätsel gefunden habe, wenn ich herausfinde, was er in diesem Theaterstück geschrieben hat, und warum er es nicht spielen will. Und wenn ich Glück habe, ich meine, wenn wir Glück haben, dann kann ich vielleicht etwas über das damalige Treffen erfahren, und dann, meine Damen und Herren, ich gebe Ihnen mein Wort, werde ich ihn überzeugen, dieses Stück zu spielen. Aber zuerst muss ich vor allem herausfinden, wo er sich aufhält. Irgendwo muss er den Text versteckt haben. Aber wo? Vielleicht da drüben bei seinen Sachen. Mal sehen!

(Er bemerkt die zerbrochene Kassette auf dem Fußboden.)

Was ist das denn? Eine kaputte Kassette! Es erinnert mich an eine komische Geschichte, die er einmal erzählt hat. In seiner Studienzeit hat er mit seinen Freunden etwas angestellt, das sehr lustig war und von dem man jahrelang gesprochen hat.

(Er beschäftigt sich mit den Sachen und redet gleichzeitig.)

Es war so: einmal im Internat an einem Nationalfeiertag, der in jedem Jahr prunkvoll veranstaltet wurde, haben er und seine Freunde die Kassette mit der Nationalhymne mit einer Sexkassette vertauscht. Keiner von den Anwesenden wird jemals vergessen, was an diesem Tag geschah. Der arme Direktor, die Stadtfunktionäre, die Gäste, die Eltern, die Studenten und besonders die Armee!
Der unglückliche General war ratlos.

(Er spielt die Szene vor.)

Er zog seine Pistole und stand neben dem großen Portrait des Königs, wie ein verlorener Soldat. Das war ein Erlebnis! Er konnte viele solcher Geschichten erzählen, allerdings nur, wenn er gut gelaunt war, aber das war er meistens. Vielleicht erzähle ich Ihnen noch ein paar davon, aber vorher muss ich weitersuchen. Was ist eigentlich mit dieser Kassette? Ist das ein Zeichen, eine Spur? Moment mal!

(Er hört.)

Das ist nicht meine Musik. Was soll das? Was wird hier gespielt? Das ist doch nicht meine Kassette, oder... ?

(Er untersucht die kaputte Kassette und geht schnell raus. Als er wieder reinkommt, ist er unruhig und wütend.)

Du verdammter alter Spinner! Was hast du mit meiner Musik gemacht? Du Penner! Du Schwein! Du blöder Affe! Du verfluchter Hurensohn! Früher hast du diese Musik gemocht. Du hattest sogar eine Sammlung von neuer und moderner Musik. Immer hast du eure traurige und langweilige Musik kritisiert. Du hast sogar ein paar Artikel darüber geschrieben. Du hast immer gesagt, das sei nicht die Musik unserer Zeit, sie entspräche nicht mehr unseren Vorstellungen und unserem Geschmack, diese Musik ist veraltet. Und jetzt auf einmal änderst du deine Meinung und hörst wieder diese klanglose, graue und langweilige...

(Er bewegt sich auf komische Art zur Melodie.)

Entschuldigen Sie bitte! Er hat mich aus der Fassung gebracht. Eigentlich sollte ich mich beherrschen können, wie ein zivilisierter Mensch, der in einer zivilisierten Gesellschaft aufgewachsen ist. Er ist Schuld an meinem ungeschickten Benehmen. Ich bitte Sie um Entschuldigung. Also gut, mein alter Freund, ich habe versucht, dir zu helfen. Ich habe versucht, als dein intelligenter Teil zwischen dir und diesem intelligenten Publikum zu vermitteln und wollte, dass kein Mensch einen negativen Eindruck von dir bekommt. Aber du hast meine Musik, die hier sehr passend war, kaputt gemacht, statt dankbar zu sein und auf mich zu hören. Es tut mir sehr leid, aber trotz allem Respekt vor dir: Dies bedeutet für mich Krieg. Der hätte vermieden werden können, aber du hast ihn selber gewollt. Von mir aus kannst du ihn haben.

(Er geht raus.)

 Ha ha! Da hast du deine schöne, romantische, alte, klassische Musik. Der größte Stolz deiner Nation! Genau wie eure Teppiche und Ölfelder. Attacke!

(Er schmeißt die Lieblingskassette des alten Mannes auf die Bühne. Danach kommt der alte Mann rein.)

Hallo, hallo! Ist da jemand? Keine Spur eines Lebewesens. Tot. Die Welt ist tot. Weit und breit kein Mensch zu sehen. Hallo, hallo! Ach, meine Füße tun mir weh. Diese verdammten, endlosen Korridore. Vielleicht bin ich schon tot und bin im Himmel gelandet. Aber da soll es eine Art Verwaltung geben, oder zumindest ein paar langweilige alte Engel. Wenigstens Hinweisschilder hätten sie hinstellen können, z.B. „Achtung" oder „Wartezone'' oder „Verwaltung'' . Doch da hätten sie mich bestimmt wieder gefragt: „Aus welchen Gründen haben Sie Ihr Land verlassen"? Schildern Sie die politische Lage in Ihrem Land. „Aus welchen Gründen sind Sie gerade in unser Land eingereist?"

Ach, ich glaube, ich bin durcheinander. Ich sollte mich irgendwo hinsetzen, ich bin müde. Oh, meine Beine!

(Er sucht sich ein Paar Kisten und stellt sie zusammen und setzt sich darauf.)

Ah, das tut gut. Zuerst mache ich eine kurze Pause, und dann suche ich weiter. Ich kann doch nicht auf die Bühne gehen und das dem Publikum erklären. Das geht doch nicht. Erstens will ich das nicht, und zweitens, wie soll ich erklären, warum und wieso ich nicht spielen möchte. Das ist viel zu kompliziert und mir außerdem unangenehm. Eigentlich weiß ich selber nicht, wieso und warum. Heute morgen, als ich meine Augen öffnete, wusste ich, dass an diesem Tag etwas passiert, etwas, auf das ich seit langer Zeit gewartet habe. Vielleicht habe ich geträumt. Ich weiß nicht. Wie sagte noch der alte Philosoph? Ich weiß nicht, ob ich ein Träumer bin oder ein Geträumter! Was hast du gesagt? Ich bin alt geworden? Ich wollte nur ein bisschen philosophieren, sonst nichts. Du weißt doch, ich bin immer noch kräftig wie ein Bär. Soll ich es dir beweisen?

(Er steht auf.)

Was kochst du da, meine schöne Lady? Das riecht so gut und appetitlich, dass man es überall im ganzen Haus spürt. Es duftet so schön, dass ich mich in meine Kindheit versetzt fühle, als ich noch ein Schulkind war und hungrig und durstig nach Hause kam. Immer wusste ich, wo ich Mama finden konnte: In der Küche, wo sie unermüdlich dabei war, uns alle zu bekochen und zu ernähren. Eine Armee von Hungrigen. Was war sie für eine Köchin! Gott segne sie. Eine großartige Frau, die mit einfachen Sachen zauberhafte Gerichte zubereitete. Sie hat uns mit ihrer Kochkunst so verwöhnt, dass wir bei anderen das Essen kaum genießen konnten. Jedes Mal, wenn wir Freunde und Verwandte besuchen wollten, hat sie uns gebeten, beim Essen höflich und freundlich zu bleiben. Sie war für uns eine Göttin, begehrt von kleinen hungrigen Kindern. So blieb es immer! Sogar, als wir alle groß geworden und ein paar von uns verheiratet waren, haben wir zwei-, dreimal in der Woche bei Mama gegessen. Jedes Mal hat einer von uns sein Lieblingsgericht bestellt. Jahre später, nachdem wir bereits das Land verlassen hatten, hat Mama immer noch einmal in der Woche mein Lieblingsessen gekocht und dabei geweint und immer wieder gesagt, ich habe einen tapferen Soldaten meiner Armee verloren. Gott segne sie! Ich hätte ihr das nicht antun dürfen. Das hatte sie nicht verdient. Na ja! Wer kann das schon beurteilen, was er will, oder wie er muss. Wie der alte Philosoph sagte: Es gibt viele Wege, die... was? Eigentlich wollte ich doch nicht schon wieder philosophieren. Ich wollte einfach sagen, dass... Ach, schon gut! Ich höre auf! Was sagst du? Ach meine Liebe, ich will dich doch nicht mit meiner Mutter vergleichen! Jedes Mal, wenn ich von ihr rede, reagierst du so empfindlich. Du kochst doch auch so herzhaft und gut! Du bist die einzige schöne Lady, die ich in meinem Leben verehre. Was? Was sagst du? Ich sei der größte Lügner in der Welt? Ach komm! Was hältst Du von einem verführerischen Vorschlag? Zuerst essen wir in aller Ruhe und genießen, was du gezaubert hast, und dann machen wir zusammen ein kleines Nickerchen. Na, was meinst du? Was? Die Briefe? Ja, ich habe sie schon geholt. Moment mal, gleich habe ich sie.

(Er holt ein paar Briefe aus seiner Tasche heraus.)

Da sind sie! Rechnungen, Werbung... Wollen Sie Millionär werden? Rechnungen und wieder Rechnungen! Weißt du, für viele Menschen hier sind Rechnungen eine Art Identitätsymbol. Sie können sich ihr Leben ohne Rechnungen nicht vorstellen.

Als ich unten war, um die Briefe zu holen, bin ich auf eine Idee für eine Kurzgeschichte gestoßen.

Pass auf! Stell dir vor, eines Tages geht Herr Müller zu seinem Briefkasten, um wie üblich seine Briefe zu holen. Er öffnet also den Kasten ruhig und selbstbewusst wie üblich und holt seine Briefe raus. Er schaut sich die Post an und findet es merkwürdig, dass keine Rechnungen dabei sind. Mit gemischten Gefühlen wartet er auf den nächsten Tag. Wieder keine Rechnungen! Der arme Mann macht sich Gedanken und ist ratlos. Er geht zu seinem Nachbarn und fragt den, ob er Rechnungen bekommen hat. Was glaubst Du, was passiert, wenn der arme Herr Müller erfährt, dass er der einzige ist, der keine Rechnungen erhalten hat? Er wird nervös und durcheinander. Er telefoniert und geht zu verschiedenen Behörden, um rauszufinden, warum er nicht wie normale Menschen behandelt wird. Aber da weiß keiner Bescheid. Alle schütteln den Kopf und blättern Herrn Müllers Akten durch, aber finden nichts. Alles scheint normal zu sein, jedoch nicht für Herrn Müller. Er setzt sich in seine kleine Wohnung und schreibt unzählige Briefe an Behörden, verschiedene Gesellschaften, Firmen und einige Institutionen, sogar an die Kirche. Er geht zur Post und lässt seine Adresse und seinen Briefkasten prüfen.

Er geht sogar zur Polizei. Ohne Ergebnis! Alle lächeln ihn an und finden nichts Außergewöhnliches dabei, aber eigentlich fragt sich jeder, warum Herr Müller keine Rechnungen mehr bekommt. Also meine Liebe, die Geschichte erreicht langsam ihren Höhepunkt. Der arme Herr Müller verliert den Appetit, isst kaum noch und bekommt Schlafstörungen und furchtbare Alpträume. Die Ärzte können ihm nicht helfen. Keiner kann ihm mehr helfen. Sein Leben gerät aus dem Gleichgewicht. Er beginnt, mit sich selbst und mit Unsichtbaren zu reden. Er verliert seine einzigen Kontakte zu seinen Nachbarn und isoliert sich vollständig. Der arme Herr Müller kann die Welt nicht mehr verstehen. Er begeht Selbstmord, und wie hier üblich, findet man seine Leiche erst nach langer Zeit. Wirklich traurig! So weit die Geschichte von Herrn Müller. Wie findest du sie? Ich glaube, bei uns wäre Herr Müller glücklicher. Da sind diejenigen glücklicher, die keine Rechnungen bekommen, und Selbstmord begeht man erst, wenn man zu viele davon hat. Nicht wahr? Was...? Warum ich das nicht schreibe? Du weißt doch, dass die Leute hier sagen, wir hätten keine Ahnung von ihrer gesellschaftlichen Lage. Wir würden ihre Geschichte nicht kennen und hätten keine richtige Vorstellung von ihrer Kultur und Mentalität. Sie sagen, wir sollen über Probleme in unserem eigenen Land schreiben. Diese Idioten, sie wissen nicht, dass es hier nicht um journalistische Berichterstattung geht, sondern um literarische Darstellung von Menschen, egal welcher Nationalität oder Sprache.

Weißt du, das Komische daran ist, dass viele Kritiker aus unserer Heimat dasselbe zu mir sagen. Interessant, oder? Einer hat mir neulich geschrieben... : Warum befasst du dich nicht mit unserem Leben hier, mit unserem Leiden, den Problemen unserer Zeit und unseren Wünschen und Träumen? Er hat mir sogar empfohlen... : Wenn du das tust, wirst du im Ausland ein erfolgreicher Schriftsteller sein, und bei uns wirst du gelobt und geehrt werden. Dass ich nicht lache! Der Esel denkt, dass ich ein Korrespondent bin, ich bin doch kein Secondhand-Botschafter zwischen denen da und denen hier. Das bin ich nie gewesen und werde es auch nicht sein. Ich bin kein Zuhälter im Bordell von Kunst und Kultur. Ich bin auf der Suche nach mir. Für mich ist das Schreiben wie eine Taschenlampe, um mich nicht in der Finsternis zu verlaufen. Ach, lassen wir das! Ich habe keine Lust, wieder zu philosophieren. Hauptsache ist, dass meine Bücher Tag für Tag mehr und mehr gelesen werden. Es wird der Tag kommen, an dem ich als ein großer Künstler zurückkehre und wie ein König empfangen werde. Dieser Tag wird kommen. Du wirst es sehen und genießen, meine Liebe. Glaube mir! Oh verdammt! Beinahe hätte ich das vergessen. Wetten wir, dass du nicht errätst, was ich heute für einen wichtigen Brief bekommen habe. Ach, die Fans schreiben sowieso jeden Tag, und ich muss wieder und wieder Fotos und Autogramme verschicken. Nein, nein! Das kannst du dir nicht vorstellen. Hör mal zu! Du wirst es nicht für möglich halten, aber einige Leute aus meiner Heimatstadt , die sich   „Verein der ehrlichen und zuverlässigen Bürger" nennen, haben mich für das Amt des Bürgermeisters vorgeschlagen . Ha, ha! Stell dir vor, ich als Bürgermeister! Sie haben Tausende von Unterschriften gesammelt und wollen, dass ich zurückkehre und unserer kleinen Stadt meine Dienste zur Verfügung stelle. Was...? Wer die sind? Es sind wichtige und ehrenhafte Bürger. Leute, die sich um Existenz und Schicksal ihrer, beziehungsweise unserer kleinen Stadt sorgen. Sie wollen eine bessere und sichere Zukunft für ihre Kinder und Enkelkinder. Sieh mal, was sie mir noch geschrieben haben.

(Er holt einen Umschlag aus seiner Tasche raus und liest vor.

Pass auf! Sie beschreiben die heutige Lage in der Stadt so... : Es herrscht eine totale Anarchie und Gesetzlosigkeit. Die Inflation ist sehr hoch. Die Lebensmittel werden jeden Tag knapper, und die Preise steigen stündlich. Korruption und Bestechung sind die einzigen funktionierenden Schlüssel. Am schlimmsten ist der Drogenkonsum. Er hat furchtbar zugenommen, und eine große Zahl von Jugendlichen und sogar Minderjährigen sind Opfer skrupelloser Dealer und Banditen geworden. Die Menschen sind unbarmherzig und grausam geworden. Keiner nimmt Rücksicht auf die anderen. Man denkt nur an sich selbst und an sein eigenes Wohl und versucht, sich und seine Familie irgendwie zu ernähren. Die Armen sind arm und die Reichen dick und wohlhabend. Es ist katastrophal, was sie in ihrem Brief schildern, was? Was sagst du... ? Na ja, es ist sonnenklar, dass ich ein Künstler und kein Politiker bin. Aber weißt Du, vielleicht haben sie mich gerade deswegen gebeten, diese schwierige Aufgabe zu übernehmen und nicht irgend jemand anderen. Das arme Volk hat sein Vertrauen in die Politik und Politiker verloren und verlangt jetzt, dass ich als ein berühmter Künstler, der in Europa Erfahrungen gesammelt hat, ihnen, wie sie schreiben, zur Seite stehen soll. Das glaubst du nicht? Hör mal zu! Da steht es. Wo war es noch... ? Ah, da steht es: Bitte geben Sie uns und der Stadt die Ehre und machen Sie uns mit Ihrer Zusage stolz und glücklich. Na bitte! Das wolltest du doch immer, dass wir ein festes Einkommen haben. Da ist die Chance. Die bekommt man nicht jeden Tag. So eine goldene Gelegenheit sollte man beim Schopf ergreifen. Stell Dir vor! Ich als der Bürgermeister. Das ist doch schön, oder nicht? Ach, die politische Aufgabe! Keiner verlangt von mir, in irgendeine Partei einzutreten. Sie suchen jemanden, der unabhängig und überparteilich regiert, und da habe ich die besten Voraussetzungen. Das Volk verlangt und schreit nach mir, und du sagst, das wäre alles Quatsch. Warum begreifst Du nicht, dass das hier eine einmalige Chance ist. Weißt du nicht, wie viele Politiker im Exil wie oft davon träumen? Und jetzt, wo ich als Ausgewählter dazu in der Lage bin, meiner kleinen Stadt und deren ehrlichen Bürgern einen Dienst zu erweisen, da verlangst du von mir, dass ich die ganze Angelegenheit vergesse und weiterlebe wie bisher? Als ein großer unbekannter Künstler, der hier nie ernst genommen wird? Eine große Null. Ein Nobody. Ein Genie, das auf staatliche Hilfe angewiesen ist. Jemand, der weder wählen, noch gewählt werden darf. Nein, nein. Dieses Mal werde ich zugreifen, meine Liebe, und das Glück in meine Hand nehmen. Ich werde nicht wie meine Vorgänger in meinem schönen Büro sitzen und den ganzen Tag nur die Papiere unterschreiben, die mir vorgelegt werden und dicke Grundbesitzer und dumme Stadtfunktionäre empfangen. Nein, so werde ich meine Amtszeit nicht verbringen. Nein, ich werde mein Büro mitten im Armenviertel einrichten und nur einfache Leute reinlassen. Und wenn sie etwas brauchen, dann werde ich mich ohne Verzögerung und bürokratische Spielerei darum kümmern. Ich werde die Leute fragen, was sie brauchen. Eine Bücherhalle, einen Spielplatz, eine neue Schule oder sagen wir mal, zum Beispiel eine schöne und saubere Straße? Na, dann kommt mit! Wir werden zusammen mit den Stadtfunktionären dahin gehen, wo den Leuten etwas fehlt. Und vor Ort gebe ich meine Befehle. Hier brauchen wir einen Spielplatz. Wie lange dauert es, bis er fertig wird, werde ich die dafür zuständigen Personen fragen. Drei Monate? Gut. Dann sehen wir uns alle hier in drei Monaten wieder und werden schauen, wie die Kinder hier spielen. Ok.? So muss man mit denen umgehen. Warum lachst du denn? Findest du komisch, was ich erzähle? Ach, komm! Stell dir vor, wir werden ein neues Leben anfangen. Der Job alleine zieht mich nicht, sondern das Gefühl, dass man irgendwie nützlich und gefordert ist, etwas zu tun, das anderen zugute kommt. Das ist mir wichtig, aber noch wichtiger ist, dass ich ständig in Kontakt mit den Leuten bleibe. Dadurch gewinne ich Ideen, Motive für meine literarische Arbeit. Außerdem kannst auch du dort viel machen, besonders für die armen Frauen, die immer noch wie Sklavinnen behandelt werden. Womit? Ach, was weiß ich? Zum Beispiel durch einige Initiativen wie kulturelle Veranstaltungen, Beratungsstellen für gewisse Angelegenheiten oder so was ähnliches wie auch hier. Ich bin sicher, dass du das schaffen könntest. Weißt du, ich sehe den Tag vor mir, an dem wir dort ankommen. Kannst du dich an den alten Bazar erinnern? Es war ein herrlicher Platz, mit seinen Geschäften und Händlern. Ich habe gehört, dass der Bazar leider nicht mehr existiert. Schade! Man hat dort einen riesigen modernen Platz für Nationalfeiertage gebaut. Das ist aber nicht schlecht. Besonders, wenn ich mir vorstelle, dass ich dort meine erste Rede als Bürgermeister halten werde, fühle ich eine Art Sympathie für diese Maßnahme. Stell Dir mal vor, wir wären da! Ein schöner sonniger Tag. Man hat eine große Kundgebung einberufen. Tausende, Zehntausende und wer weiß, vielleicht Hunderttausende sind da. Es kann sein, dass viele von anderen Städten zu diesem Anlass erschienen sind. Die Leute sind nett und lächeln sich an. Auf einem großen Gelände sieht man fröhliche und spielende Kinder. Ein großes Orchester spielt flotte Melodien. Es ist herrlich. Ich sehe einen großen prachtvollen Pavillon mit schönen weißen Stühlen und eine moderne Tribüne mit guten Mikrofonen, nicht altmodisch und unzuverlässig. Das ist sehr wichtig. Alle einflussreichen Leute sind anwesend. Wir sind auch da. Du und ich. Nach all diesen Jahren. Du bist schön und wie immer elegant gekleidet. Eine traumhafte Frau. Ich habe einen guten Anzug an, den mein alter Schneider gemacht hat, oder vielleicht sein Sohn. Gott segne ihn! Der Kulturminister, der extra meinetwegen anwesend ist, geht zur Tribüne. Er stellt mich und meine Biographie vor und redet anschließend über meine Bücher und meine Kandidatur zum Bürgermeister. Weißt du, das ist für mich ja schmeichelhaft, aber, was soll's? Dann, am Ende seiner Rede, bittet er mich, auf die Tribüne zu kommen. Ich stehe auf und mit mir alle Gäste, die auf der Tribüne versammelt sind. Ein historischer Augenblick. Ich gehe langsam zur Tribüne, wie ein bescheidener Sieger. Das Orchester spielt eine Art Marschmusik oder so. Das Volk schreit Hurra und applaudiert. Nun stehe ich da, wo Geschichte geschrieben wird. Das Orchester hört auf zu spielen und alle werden ruhig und aufmerksam. Der Himmel ist blau und friedlich. Bevor ich anfange, drehe ich mich kurz um und schaue in Deine wunderschönen Augen. Du lächelst mir zu, stolz und liebevoll. Ich fühle mich wie ein Held, göttlich und siegreich. Dann schaue ich zu den Massen. Sie sind ruhig, aber ungeduldig. Ich fange an... Oh, Scheiße! Mist! Ich habe vergessen, meine Rede vorzubereiten. Oh Scheiße! Warum hast du mich nicht daran erinnert? Das darf doch nicht wahr sein.

Nur ein einziges Wort von dir, und das alles hier wäre nicht passiert. Du hättest mich doch fragen können, einen Tag vorher, oder auch heute beim Frühstück. Dann hätte ich genug Zeit gehabt, diese verdammte Rede zu schreiben. Musst du mir das in so einem historischen Moment antun? Oh, verflucht! Was soll ich denn jetzt zu dem Volk sagen? Hallo, Leute, wie geht es euch? Ausgerechnet jetzt muss das passieren! Was...? Was soll ich? Soll ich mich nach dem Essen darum kümmern? Nein, danke. Ich habe keinen Hunger. Iss du alleine. Ich gehe spazieren, um mich ein wenig zu beruhigen und, danke für deine Hilfe. Und ihr da oben, macht diesen blöden Krach leiser!

(Er verlässt die Bühne. Anschließend kommt der Junge Mann herein.)

Der Himmel ist blau und friedlich. Bevor ich anfange, drehe ich mich kurz um und schaue in deine wunderschönen Augen. Du lächelst mir zu, stolz und liebevoll. Ich fühle mich wie ein Held, göttlich und siegreich. Ich fange an... Oh, Scheiße! Ich habe meine Rede nicht vorbereitet.
Der arme alte Mann ist nicht mehr zu retten. Es wird der Tag kommen, an dem ich wie ein König empfangen werde. Lady, du wirst es sehen und genießen. Die arme Frau, Gott segne sie, hat bis zuletzt an ihn geglaubt. Sie hielt immer zu ihm und war treu und niemals, niemals verzweifelt. Eine prachtvolle Frau aus einer edlen Familie. Sie ging mit ihm durch dick und dünn. Es gab zwischen beiden eine lange aufrichtige Liebe. Sie haben sich kennen gelernt, als sie beide Studenten waren. Jung, fröhlich und mit vielen schönen Zukunftsplänen. Beide liebten sie, es zu reisen, haben viele Länder und Leute kennen gelernt. Sie waren sehr glücklich und lebten mit ihren drei Kindern in einer harmonischen Familie. Sie war wie ein Engel. Eine hervorragende Mutter, eine engagierte Frau und eine zarte, wunderbare Geliebte. Eines Tages passierte das große Unglück.

Sie hatten von hier aus eine lange Reise geplant und alles vorbereitet. Sie haben sich sehr darauf gefreut.

In der Nacht der Abreise wurden seine Frau und die drei Kinder Opfer eines mysteriösen Brandanschlags. Eine unvorstellbare Tragödie. Es wurde nie geklärt, wie das passieren konnte, und ob es vielleicht politische Hintergründe dafür gab. Schließlich war er wie viele andere Künstler und Denker, die auf diesem Kontinent Zuflucht gesucht haben, Zielscheibe von Fundamentalisten und politischen Gegnern. Andererseits hat es damals eine ganze Reihe solcher Fälle gegeben, die eigentlich eher mit der politischen Lage auf diesem Kontinent zu tun hatten. Es war eine schwierige und komplizierte Wende, die zu vielen Unruhen und Skandalen führte. Es hat lange gedauert, bis alles wieder in normalen Bahnen lief. Es war eine schwierige und für einige Menschen schmerzhafte Zeit, die sie nicht vergessen können. Es gab damals überall in großen und kleinen Städten dieses Kontinents Straßenschlachten und Barrikaden. Geschäfte und Leute wurden geplündert und geprügelt, weil sie anders aussahen als andere.

Mit anderen Worten, es war ein Krieg zwischen Vernunft und Wahnsinn, zwischen Toleranz und Intoleranz. Wie gesagt, es hat lange gedauert, bis die Vernunft gesiegt hat. Er verlor seine Familie, seine Frau, seine Kinder, seine Bücher und alles, was er liebte. Er nahm alles ruhig und schweigend auf und redete kein Wort mit anderen darüber.

Nach diesem Unglück trägt er überall diesen Koffer bei sich. Darin sind ein paar Familienfotos und ein paar Sachen, die er vor dem Feuer gerettet hat. Das, was er schreibt, hat er auch in seinem alten Koffer. Wie gesagt, sein ganzes Leben steckt darin, vielleicht auch dieser Text, den wir suchen. Wer weiß! Manchmal habe ich das Gefühl, dass es überhaupt keinen Text gibt. Wahrscheinlich wollte der alte Mann uns alle reinlegen und verspotten. Vielleicht ist das alles hier für ihn nur eine Art Abschiedszeremonie. Das sind alles Vermutungen. Es ist auch möglich, dass es diesen rätselhaften Text gibt, er aber irgendwo versteckt ist. Mal sehen, was er hier für Sachen gesammelt hat. Ich muss weitersuchen.

(Er beschäftigt sich mit den Sachen.)

Dass ich nicht lache! Man hat mich für das Bürgermeisteramt vorgeschlagen.
Sie haben Tausende von Unterschriften gesammelt und wünschen sich meine Rückkehr.
Komm bitte zurück! Komm! Du bist unsere einzige Hoffnung! Du bist unser Befreier. Mit Deiner Rückkehr werden die alten Prophezeihungen wahr. Komm zurück! Nein, danke! Ich will nicht zurück. Ich bin doch nicht blöd. Außerdem, wohin denn zurück? In ein Land, wo man mit fünf oder sechs fremden Leuten zusammen in einem Taxi fahren muss, besser gesagt, in einer Blechbüchse. Oder mit Bussen fahren, die niemals pünktlich sind, und deren Fahrer während der Fahrt frühstücken. Ich bin doch nicht lebensmüde.

(Er sucht weiter.)

Ich verstehe das nicht. Es sind seine Privatsachen. Ein paar alte Bücher... Bücher! Was sagt er? Hauptsache, meine Bücher werden mehr und mehr gelesen. Der alte Mann erzählt Witze. Ich lache mich tot. Welche Bücher werden eigentlich von welchen Leuten gelesen? Das ist die wirklich entscheidende Frage . Er hat zwar einige Bücher veröffentlicht, das ist wahr, aber sein letztes Buch erschien vor ungefähr fünfzehn Jahren und wie üblich ohne Erfolg und ohne Leser, abgesehen von einigen, die es geschenkt bekamen. Der Rest der Bücher landete wie immer im Keller des damaligen Verlegers. Ich weiß nicht, vielleicht besteht die Möglichkeit, die Bücher immer noch irgendwo zu finden. Vielleicht auch nicht. Der vernünftige

Verleger hat vor Jahren seinen Job aufgegeben und ist inzwischen ein erfolgreicher Gemüsehändler geworden. Also: Das bedeutet, kein einziges Exemplar seiner Bücher hat seine Heimat erreicht.

(Er spielt den alten Mann nach.)

...Sehr geehrter Meister! Ihr letztes Buch ist ein großartiges Werk. Sie sind einer der bedeutendsten Schriftsteller unserer Zeit. Ha, ha! Ich bewundere seine immer noch fähige Phantasie. Er bekommt Kritiken für Bücher, die gar nicht existieren. Interessant! Und wer soll, bitte schön, diese Kritik geschrieben haben? Ausgerechnet in einem Land, in dem die Menschen zu über siebzig Prozent Analphabeten sind, durchschnittlich nur eine Minute pro Jahr gelesen wird und jährlich umgerechnet vierzig Pfennig für Bücher ausgegeben werden. Davon kann man noch nicht einmal Toilettenpapier kaufen. Was ist das denn? Das ist nicht zu fassen! Das sind ja meine Lieblingsgemälde! Die gehören doch mir und nicht ihm! Ich habe dafür hart gearbeitet, bis ich das nötige Geld zusammengespart hatte. Sechzehn Stunden am Tag habe ich geschwitzt und geschuftet, während er die ganze Zeit gemeckert und sich beschwert hat. Ich bin ein Künstler und kein Tellerwäscher. Warum beschäftigst du mich mit so unangenehmen Dingen? Ich mag diese komischen Gemälde nicht. Findest du die komisch? Sie sind ein Symbol moderner Kunst. Großartige Kunstwerke und Botschafter unserer modernen und komplizierten Zeit... Ich mag aber keine moderne Kunst.
Wie bitte? Moment mal! Was verstehst du überhaupt von moderner Kunst? Die Zeiten haben sich geändert und selbstverständlich auch die Kunst und ihre Künstler. Wir leben nicht mehr in einer Welt, in der man mit Pferd und Kutsche durch die Lande reist und abenteuerliche Romane über

Begegnungen mit schönen Frauen und bösartigen Straßenräubern schreibt oder unberührte Landschaften und Gesichter von Lords und deren Familien malt. Ja, mein lieber Freund, diese Zeiten sind vorbei! Unsere Künstler heute haben andere Sorgen und Probleme und andere Vorstellungen. Außerdem bist du gar nicht dazu in der Lage, diese Phänomene zu beurteilen. Du kommst aus einem Land, in dem Kunst ein verbotenes Wort war, in dem arme Künstler als Sünder verurteilt und ihre Bücher verbrannt wurden, in dem Musikinstrumente und die Statuen als Machwerk des Teufels vernichtet wurden. Alles, was heute über Kunst studiert und gelesen wird, ich meine in euren Universitäten, sind die altmodischen Übersetzungen, die von frustrierten Akademikern empfohlen werden. Die moderne Kunst ist absurd und bedeutungslos!... Es tut mir leid, sei ruhig, mein Freund. Man sollte doch seine Grenzen erkennen, oder? Wir haben tagelang darüber diskutiert, bis ich ihn am Ende davon überzeugen konnte, weiter mitzumachen. Ich gebe zu, es war nicht leicht für ihn. Er hatte bis dahin immer mit Künstlern und Intellektuellen zu tun und plötzlich war er bei Leuten gelandet, die ihn nicht verstanden, Leuten, die ihm sehr fremd vorkamen. Das, was ihn am meisten ärgerte, war das lumpenhafte Verhalten seiner Landsleute. Na ja, ich gebe zu, es war hart, fünfzehn bis sechzehn Stunden in einem dunklen Keller zu arbeiten und Befehle von rücksichtslosen jungen Leuten auszuführen, die ungebildet, geldgierig und unverschämt sind. Es tut weh, wenn man sieht, dass das eigene Landsleute sind. Ich kann es zwar verstehen, aber was soll's? Jeder muss an sich selbst denken. Seht mal! Das ist alles, was er in seinem Leben erreicht hat. Und die anderen, ich meine, seine Landsleute, die auch emigriert sind? Sie haben von Anfang an den richtigen Weg gewählt. Statt sich mit Begriffen wie Freiheit, Gerechtigkeit, Kunst und Kultur zu beschäftigen, haben sie ihre Intelligenz dazu genutzt, mehr Geld zu verdienen. Viele seiner Generation nutzten diese einmalige

Chance und sind inzwischen erfolgreiche Gemüsehändler, Taxifahrer, Kioskbesitzer, Autohändler, Köche oder gut verdienende Gastronomen geworden. Sie fahren schicke Autos und haben vorsichtshalber schöne Häuser in ihrer Heimat gekauft. Anfangs waren alle politisch engagiert und haben an jeder Demo teil- genommen. Sie interessierten sich für Bücher und kulturelle Veranstaltungen. Man traf sich zu jeder Gelegenheit und hat sich nach neuen Ereignissen erkundigt. Im Laufe der Zeit aber, und zwar nach einer kurzen und komprimierten, haben sich alle die vernünftige und entscheidende Frage gestellt: Warum und für wen? Ich habe wirklich ernsthaft versucht, dass er sich diese historische Frage auch stellt, aber er hat sich immer geweigert: Ich bin ein Künstler und keine Spardose. In meiner Heimat werde ich wie ein König empfangen. Ha, ha! Ein König ohne Krone und Königreich.

Ein in Halluzinationen selbsternannter König ohne Land und Leute. Ach, mein alter Kumpel! Du wirst es nie begreifen! Wie Könige werden diejenigen behandelt, die sich von Anfang an wie Sklaven benommen haben und behandelt wurden. Ohne Ansprüche und Erwartungen. Jetzt sind sie reich und zufrieden mit ihrem Leben im Exil. Außer ein paar armseligen Künstlern und Politikern, die immer noch ihren Träumen nachhängen und dadurch mittellos und ohne große Ersparnisse sind. ...Was ist das denn? Das ist ja wohl nicht wahr! Ich glaube, ich glaube... oh, Mann, nicht zu fassen. Ich glaube, ich habe es gefunden.

(Fröhlich und zufrieden holt er ein Heftchen aus einer Kiste.)

Das ist es. Das ist der verlorene Text. Unglaublich! Schaut her. Ich wußte, dass ich ihn finden würde. Der Alte ist gar nicht so dumm. So ein unauffälliges Versteck hatte ich mir nicht vorgestellt. Mein sehr verehrtes Publikum, in wenigen Minuten werden wir erfahren, was für ein Stück unser Meister geschrieben hat. Gemeinsam werden wir ihn dazu bringen, dass er das Stück auch spielt. Vielleicht werden wir so rausfinden, warum er sich plötzlich entschieden hat, zurückzukehren. Ich werde ihn mit seinen eigenen Argumenten zwingen, dass er hier bleibt und mich weiterleben lässt.

(Er beschäftigt sich mit dem Heft. Plötzlich...)

Da kommt der Alte. Ich muss weg. Wir sehen uns.

(Er geht schnell raus. Wenig später hört man laute Stimme und Schreie, als ob jemand verfolgt würde. Der alte Mann betritt die Bühne ängstlich mit einer Verletzung im Gesicht. Er hält einen gelben Schmetterling vor seiner Brust. Er läuft wieder raus und kommt gleich darauf zurück. Müde und erschöpft setzt er sich hin.)

Oh, mein kleiner Schmetterling, sie wollten dich töten. Die Bösen wollten dich mit ihren Stiefeln zertreten. Beruhige dich, ich weiß, dich trifft keine Schuld, du wolltest nur fliegen. Frei und fröhlich unter dem blauen Himmel. Du wollest die schönen bunten Blumen besuchen und ihnen von deinen Reiseerlebnissen erzählen, von deinen kurzen Reisen durch dichte Wälder und über flache Steppen. Aber die bösen Geier sind überall. Sie mögen keine Schmetterlinge und kleine bunte Vögel, die fröhlich singen und fliegen. Sie hassen alle Vögel, die anders aussehen. Sie sind herzlos und hässlich. Sie wollen alles für sich behalten, die Wälder, die Flüsse, die Sonne, alles. Sieh mal hier! Sie haben mich geprügelt und verletzt. Du hast es doch gesehen, ich wollte nur Brot holen bei diesem netten Gemüsehändler an der Ecke. Als ich drinnen war und mich grade mit ihm unterhalten wollte, platzten auf einmal diese stinkenden, besoffenen Geier rein und schlugen alles   kaputt. Sie haben den Laden ruiniert und die Kunden   geschlagen und verletzt. Ich schrie: Verdammt noch mal, warum dieser Hass? Statt zu antworten, haben sie nur geschlagen und die Obstkisten durch die Gegend geworfen. Weißt Du was? Gerade in diesem Moment habe ich an ähnliche Bilder gedacht, an Bilder von unvorstellbaren Mengen an Obst und Lebensmitteln, die von großen Firmen weggeworfen werden. Sie werden vergraben und sogar ins Meer geworfen, damit die Preise stabil bleiben. Was für ein verrückter Kontinent. Komm, ich nehme dich mit. Wir werden diesen Kontinent verlassen. Es gibt hier keinen Platz mehr für uns. Die Luft ist verschmutzt, das Wasser verseucht, die Wälder sind krank, die Lebensmittel ungenießbar und die Menschen unfreundlich... Komm mit, ich bringe dich in ein Land, wo die Natur und die Menschen natürlich geblieben sind. Da kannst du überall fliegen, frei und ungestört. Keiner wird dich fangen, um dich zu sammeln oder dich in ein Ghetto stecken. Nein, da wirst du wie ein schöner bunter Schmetterling behandelt. Na, was sagst du? Willst du mit kommen? Ich bin sicher, dass dir das Leben dort gefallen wird. Frische Luft, gutes Wasser und vor allem die Sonne, die dich den ganzen Tag begleitet und deinen Flügeln Wärme und Kraft spendet. Ach, das tut weh. Ich bin mir nicht sicher, aber ich glaube, ich habe einen Zahn verloren. Ich fragte sie, warum tut ihr so was? Statt einer gewaltlosen Antwort schlug mich der verdammte Kerl ins Gesicht. Er schlug einen alten Mann. Nicht zu fassen! Weißt du, bei uns passieren solche Szenen nie, niemals. Einen alten Mann zu beleidigen ist schlimmer als Gotteslästerung. Oh, wo ist meine Medizin? Ich brauche sie. Ich bin verletzt, am Gesicht und im Herzen. Wo ist sie...?

(Er holt ein Fläschchen aus seiner Tasche und trinkt.)

Ah, das tut gut. Weiß du, ich gebe zu, das hier ist eine der wenigen guten Sachen, die hier geschaffen wurden. Gute Medizin und noch ein paar andere Dinge. Die sind wirklich gut.

Willst du auch davon probieren? Nimm einen Schluck. Er wird dir gut tun. Ha, ha, ich habe nur Spaß gemacht. Ich weiß, für euch Schmetterlinge ist der Tau auf den Blumen die beste Medizin. Also, jeder nach seiner Art. Mmh! Jetzt fühle ich mich schon besser. Ich muss weiter suchen. Sag mal, weißt du zufällig, wo die Verwaltung sein könnte? Vielleicht hast du das Büro irgendwo gesehen. Gibt es bei euch auch so was, eine Art Verwaltung, die zum Beispiel entscheidet, welche Schmetterlinge nur im Park, welche nur im Garten, oder welche besonderen Arten nur in Wäldern fliegen und leben dürfen? Irgend etwas muss es doch auch bei euch geben, das für Ordnung und Disziplin sorgt. Oder seid ihr frei und unabhängig von allen bürokratischen Hindernissen? Verstehst du, was ich dir sage, oder hast du immer noch nicht die Sprache gelernt? Ich hoffe, dass das nicht der Fall ist, es wäre sonst sehr peinlich für dich. Na, was sagst du?

(Er trinkt.)

Vielleicht gehörst du zu den Arbeitern unter den Schmetterlingen. Wenn das so ist, dann brauchst du dich nicht um so intelligente Themen wie Sprache, Kultur, Kunst und Literatur zu kümmern. Du solltest dich eigentlich nur ordentlich waschen und besonders hinter den Ohren sauber halten. Wenn es nötig wird, musst du dazu in der Lage sein, schnell und unkompliziert nach Hause zurückzufliegen. Kapiert? Mach, dass du nach Hause fliegst! Siehst du, wenn ich das Zauberwort „machen" benutze, dann begreifst du, worum es geht. du schüttelst den Kopf... das heißt, du hast es verstanden. Prima! Pass auf, ich gebe dir einen Tipp: Es reicht, wenn du das Verb „machen" und noch ein paar andere Wörter in deinem kleinen Kopf behalten kannst. Damit kommst du immer klar, und die Welt bleibt in Ordnung.

(Er trinkt.)

Ich sag dir, dieses Verb ist sehr praktisch und nützlich. Man kann viel damit mach... ich meine, man kann viel damit sagen. Es ist eine gute, einfache und sogar umweltfreundliche Alternative, sich zu verständigen. Sie ersetzt viele schwere und komplizierte Ausdrücke, die man nicht kennt oder beherrscht.

(Er trinkt.)

Gute Medizin! Willst du immer noch keinen Schluck davon nehmen? Das kann ich verstehen. Du musst morgen arbeiten, und es wäre sehr unangenehm, wenn plötzlich eine Schraube betrunken wäre.
Wo war ich? Ach ja! Weißt du, man kann sich mit Hilfe dieses Verbs „machen" gegen den Konsum anderer Verben wehren. Schließlich leben wir in einer Konsumgesellschaft. Pass auf! Kampf gegen Konsum im Bereich der Sprache. Wie findest Du das?
Die Idee ist ganz neu, modern und intelligent und durchaus praktisch. Sie wäre ein wirklich vielseitiges wissenschaftliches Forschungsthema für zahlreiche Sprachinstitute und sogar Universitäten. Durch diese Methode kann man viel Geld und Lehrkräfte und tonnenweise Bücher und Papier sparen und so die Wälder schonen. Stell dir vor! Man könnte in einer sehr kurzen Zeit jede Sprache erlernen und mit anderen kommunizieren. Die Völkerverständigung würde dadurch ganz neue Dimensionen bekommen, sie wäre einfach und bequem. Das muss ich mir notieren. Vielleicht werde ich irgendwann in einem meiner zahlreichen Vorträge darüber sprechen.

(Er notiert etwas und trinkt dabei.)

Weißt du, interessant ist, dass die Leute hier sowieso nicht viel miteinander reden. Sie wohnen zusammen, sie essen zusammen, und sie schlafen zusammen, aber sie reden kaum miteinander. Also, wozu so viele Wörter, Verben, Ausdrücke, Vokabeln, wozu eigentlich das alles? Man braucht das doch nicht. So viele Lexika und Wörterbücher. Alle nutzlos. Aber du hast es gut, dich betrifft dieses Problem am wenigsten. Als Schmetterlingsarbeiter kann man dein Leben mit ein paar Stichwörtern beschreiben. Arbeit machen. Essen machen. Schlafen machen. Schweigen machen und am Ende nach Hause fliegen machen. Siehst Du, damit besteht auch kein großer Unterschied mehr zwischen dir und den Einheimischen hier. Die müssen sich am Ende nur mit ihren Bestattungskosten auseinandersetzen, und diese einzige Sorge hast du nicht: Wie man sterben macht, damit alles passend, günstig, ja billig ist. Hmm, ein großartiges Thema. Ich sollte mich ernsthaft damit beschäftigen. Vielleicht würde das zu einer Art Revolution im Bereich der menschlichen Kommunikation führen. Wer weiß! Ach, meine Medizin ist alle! Ich muss kurz weg. Kommst du mit, oder bleibst du lieber hier? Willst du mitkommen? Dann los! Wir gehen Medizin machen und dann zurück machen. Siehst du, so einfach ist die neue Methode.

(Er geht raus. Wenig später kommt der junge Mann. Er hat ein paar Sachen in der Hand. Er holt noch ein paar Dinge aus der Kiste und baut damit zwei bis drei Wäscheleinen auf. Dann nimmt er das Heft und reißt die Seiten heraus. Bei jedem Blatt sagt er: Er kehrt zurück, er kehrt nicht zurück, er kehrt zurück, er kehrt nicht... Dann hängt er die Blätter wie Wäschestücke auf die Leine, ganz ruhig und gelassen.)

Es war nicht der Text, den ich gesucht habe. Es ist sein Tagebuch, besser gesagt, es war sein Tagebuch. Ein sehr altes und bedeutendes Tagebuch, in dem man viele interessante

Ereignisse nachlesen konnte, die von einem intelligenten Mann verewigt wurden. Eine wichtige Dokumentation von Zeitgeschehen und historischen Momenten, die mit einem hohen Maß an literarischer Qualität geschrieben worden sind. Das war nicht nur ein prachtvolles literarisches Werk, sondern gleichzeitig auch das Gedächtnis eines Mannes, das noch gut funktionierte und nun seit einiger Zeit außer Betrieb ist. Ein Mann mit glänzender Vergangenheit aber ohne Zukunft, genau wie sein Heimatland. Ha, ha! Passender Vergleich! Schade drum, ein Jammer, dass dieses einzige Exemplar kaputt ist. Wirklich schade! Man muss unbedingt gute und überzeugende Gründe haben, um das zustande zu bringen. Ich habe sie. Ich möchte weiterleben, aber solange diese Erinnerungen existieren, weigert sich der alte Mann, mich mit meinen Wünschen und Bedürfnissen wahrzunehmen. Ich bin ein Teil von ihm, der in der Freiheit geboren wurde und hierher gehört. Ich will frei sein. Das ist alles, was für mich zählt. Ich will nicht mit ihm zurück in eine Welt, die ich nicht kenne und die mir völlig fremd ist. Alles, was ich hier gelernt habe, meine Erfahrungen und meine Kenntnisse werden dort nutzlos sein. keiner wird mich verstehen und ich die anderen auch nicht. Es sind zwei unterschiedliche Welten, die keine Gemeinsamkeiten haben. Ich mache mir Sorgen. Was wäre, wenn ich dort krank würde und zum Arzt müsste. Nach meinen Informationen müsste ich froh sein, wenn ich nach Wochen oder Monaten Wartezeit endlich einen Termin bei einem guten Arzt bekäme. Auf die Medikamente, die er mir verschreiben würde, müsste ich entweder verzichten oder sie mit sehr viel Geld, Zeit und Beziehungen auf dem Schwarzmarkt besorgen. Sollte ich im Krankenhaus behandelt werden müssen, dann... Asche zu Asche, Staub zu Staub! Der alte Mann ist doch kein Millionär! Er könnte nicht mit einem Koffer voller Geld ins Krankenhaus kommen. Also, dann wäre Feierabend. Oder nehmen wir mal an, ich hätte auf irgendeine Weise mit irgendeiner Behörde zu tun.

Erstens bräuchte ich Nerven aus Stahl, zweitens einen Sack voller Geld, um die leeren Schreibtischschubladen zu füllen. Es ist nicht zu vergleichen mit dem höflichen und disziplinierten Verhalten der Behörden hier. Die Bilder, die der alte Mann im Kopf hat, sind uralt und gehören in eine Zeit, die es nicht mehr gibt. Er glaubt, alles sei wie damals, als er das Land verließ: Den Leuten geht es gut. Die Wirtschaft ist stabil. Es gibt keine Arbeitslosigkeit. Alle oder die meisten haben ihre eigenen Häuser, sichere Arbeitsplätze und gute Ausbildungsmöglichkeiten für ihre Kinder.

Alle Menschen sind irgendwie gut gelaunt, freundlich und hilfsbereit. Mag sein, dass es einmal so war. Wer weiß! Ich war nicht dabei und habe es so nicht miterlebt. Aber eines weiß ich mit Sicherheit! Heute ist die Situation ganz anders. Ich glaube, er weiß selber, in welchem Zustand sich sein Land befindet, aber trotzdem will er zurück. Er tut alles, damit ich keinen Widerstand gegen seine Entscheidung leiste.

Vielleicht stimmt das alles, was er sagt, aber ich will nicht zurück. Wie kann ich ihm nur klarmachen, dass ich... oh Mann, ich bin doch nicht für seine Enttäuschung verantwortlich. Er hat mal geglaubt, dass dieser Kontinent etwas Besonders sei. Er hatte immer gesagt, dieser Kontinent sei der Gegenstand der Träume seiner Generation gewesen. Eine Utopie! Hier sei ein Zufluchtsort für Künstler und Denker aus aller Welt. Es ist doch nicht meine Schuld, dass es nicht so ist. Dieser Kontinent hier ist genauso normal wie die anderen vier auch und seine Bewohner genauso normale Menschen wie die Bewohner der anderen vier. Es gibt kleine Unterschiede, aber die sind nicht so wichtig, um sich ihretwegen zu streiten. Ich weiß nicht. Irgendwo habe ich gelesen, wie war das noch?... Menschen, die an diese Welt hohe Erwartungen haben, sind dümmer als sie selbst glauben. So ungefähr.

Aber ich will nicht philosophieren wie er. So... jetzt bin ich fertig. Ich bin gespannt, wie der alte Mann reagiert, wenn er diese Ausstellung seiner Erinnerungen besichtigt. Ich muss leider weiter suchen. Bitte haben Sie Geduld. Ich komme zurück.

(Er geht raus, kommt aber gleich wieder rein.)

Eine Sache wollte ich noch loswerden. Die Show, die der alte Mann hier veranstaltet hat, ich meine die Geschichte, die er erzählt hat, war reine Erfindung. Es gab keine Zwischenfälle, keine Prügelei in dem Laden an der Ecke. Heutzutage passiert so was nicht mehr. Er hat die ganze Geschichte inszeniert. Warum? Das weiß ich nicht. Vermutlich wollte er euch und auch mich auf diese Art und Weise beeindrucken.
Vielleicht wollte er euer Mitleid erwecken. Seine Motive für diese Geschichte sind mir nicht klar. Und nun, seht mal bitte das hier! Das ganze Geschrei und sein Verfolgungswahn kommt von dieser Kassette. Es ist der normale Soundeffekt, den man bei jedem Schallplattenhändler bekommt. Hört mal...

(Er legt die Kassette ein.)

Hört ihr? Derselbe Effekt. Erstaunlich, oder? Und seine Verletzung im Gesicht, das ist Schminke, die man überall kaufen kann. Ihr seid sprachlos? Das kann ich verstehen. Kaum zu fassen! Alles war geplant und gespielt. Und das gelbe Ding wurde aus diesem Stoff geschnitten. Ein armer lebendiger Schmetterling. Warum gelb? Wahrscheinlich wollte er damit etwas sagen, ich weiß nicht, was. Vielleicht etwas Symbolisches. Ich muss weiter nach diesem verdammten Text suchen, verdammt noch mal, ich will nicht zurück!

(Er geht raus. Der alte Mann betritt die Bühne.)

Lady, du wirst staunen, hier ist meine historische Rede. Sie ist nicht nur eine normale Rede, sondern außerdem ein in sich großartiges literarisches Werk. All meine Erfahrungen und Erlebnisse, alles, was ich hier gesehen, studiert und erlebt habe, meine Eindrücke und meine Vorstellungen stecken in dieser Rede.

(Er trinkt.)

Hmm...! Gute Medizin! Schade eigentlich, dass es dort so etwas nicht gibt. Hausgemacht schon, aber nicht in dieser Qualität. Was? Ach, wenn ich könnte, würde ich gerne ein paar Kisten davon mitnehmen. Aber weißt du, man sagt, es sei nicht erlaubt. Ich werde mich wohl mit dem Einheimischen zufrieden geben müssen. Schmeckt nicht so gut wie dieser hier, aber was soll's. Oder wäre es besser, wenn ich mein Fläschchen mit dem Tee füllen würde?

(Er lacht und trinkt.)

Beinahe hätte ich es vergessen: Ich habe noch eine Neuigkeit für dich. Eigentlich wollte ich es dir früher sagen, aber ich war noch nicht fertig. Jetzt ist es so weit. Also, Lady, Musik bitte!... Tamm ta ta tamm... mein Roman. Der letzte ist fertig. Ich habe vor sechs Wochen das letzte Kapitel geschrieben und habe ihn sofort meinem Verleger geschickt. Er hat ihn inzwischen gelesen und mir einen Brief geschrieben. Der kam gestern an. Ich wollte dich mit ihm überraschen. Es hat sehr lange gedauert, bis ich mit dem Roman fertig geworden bin, aber du wirst sehen, es hat sich gelohnt. Pass auf, ich lese dir den Brief vor.

(Er holt einen Umschlag aus seiner Tasche und liest vor.)
Mein lieber Freund! So fängt er an... Mit vielen Erwartungen und viel Spannung habe ich das letzte Kapitel Ihres Romans

„Der Letzte" gelesen. Sie haben mit diesem Werk etwas geschaffen, das neue Werte und Perspektiven aufzeigt. Ich bin sehr froh, ja begeistert und sicher, dass dieses Buch mit viel Freude und Enthusiasmus von internationalen Kritikern gelesen und aufgenommen wird.

Weißt du, er hat sich am Ende des Briefes sogar entschuldigt, weil er mich in der letzten Zeit immer gedrängt und mir ein paar unfreundliche Mahnungen geschickt hat. Er hat auch einen Scheck beigelegt und noch ein paar nette Sätze angefügt.

Immer habe ich gesagt, dass ich eines Tages dieses Buch zu Ende schreiben und den Nobelpreis gewinnen würde. Nun ist das Buch fertig, und ich muss auf den Bescheid der Nobelakademie warten. Es dauert nicht sehr lange, aber man muss sich eine gewisse Zeit gedulden. Doch ich habe Zeit. Ich kann gut durchhalten, ich habe mein ganzes Leben lang darauf gewartet.

Weißt du Lady, der Preis alleine interessiert mich gar nicht so sehr, das Geld ist mir viel wichtiger. Ich weiß, dass ich alleine durch die Titelverleihung sehr berühmt werde, aber was nützt mir das. Es spielt keine Rolle, ob meine Bücher einige tausend Mal mehr verkauft werden. Das Geld hätte ich bereits in meiner Tasche. Popularität...?

Ach was! Es wird eine kurze Meldung in den Nachrichten geben: Heute wurde der Nobelpreis für Literatur an... verliehen. Obwohl der Schriftsteller seit Jahren unter uns lebt, ist er erstaunlicherweise unbekannt. Das war's. Vielleicht noch ein paar blöde Interviews und Fototermine und schon ist man ein Teil der Vergangenheit. Aus und vorbei! Amen! Aber das Geld bleibt. Das ist wichtig. Auf den Titel könnte ich gut verzichten, aber auf das Geld auf keinen Fall. Wen interessiert schon ein alter Mann. Der Beruf ist sowieso langweilig. Wäre ich jung gewesen, dann hätte mir der Preis gut getan. Ich hätte etwas aus ihm machen können, schöne Reisen, Partys, Champagner, Kaviar, schöne Frauen... na ja!

Ach bitte, komm, sei nicht eifersüchtig. Ich meine ja nur, wenn! Und jetzt, was soll ich mit dem Titel anfangen? Aber weißt du, mit dem Geld werden wir nach Süden fahren. Dort miete ich ein großes Segelboot und lade ein paar gute alte Freunde ein. Wir werden den ganzen Tag auf See verbringen und angeln. Wir werden gute Medizin trinken, feine Sachen essen und über schöne Frauen plaudern. Ach, ich hab gesagt: Nur plaudern! Mehr ist doch nicht möglich! Und du, du wirst einkaufen gehen. Was nützt dir die Gesellschaft von ein paar alten Spinnern?

Am Abend kommen wir zurück in den Hafen, wo eine schöne alte Kneipe auf uns wartet, mit wunderschönen Flamencotänzern und natürlich guter Medizin. Ach, wir werden die ganze Nacht über tanzen, trinken, essen, streiten und lachen. Drei Monate lang möchte ich so leben, und dann würde ich gerne sterben. Na, wie findest du das? Blödsinn! Ha, ha, ich wusste es! Aber das ist nun mal so. Du musst ja nicht die ganze Zeit bei uns bleiben. Ich habe dir doch gesagt, du kannst einkaufen gehen und Leute kennen lernen. Was weiß ich, du wirst bestimmt interessante Frauen aus gutem Hause kennen lernen, die dir gerne Gesellschaft leisten. Für sie wäre es sicher eine großartige Gelegenheit, deine Bekanntschaft zu machen. Sie würden dich bestimmt zu ihren Teepartys einladen. Das magst du am meisten. Ich weiß es. Ihr würdet plaudern, erzählen und bestimmt über uns Männer lästern und lachen. Siehst du, es würde dir nicht langweilig sein, da bin ich mir sicher. Was? Was mit dem Geld ist? Sparen? Wozu sollen wir sparen? Für unsere Kinder?

Zum ersten werden sie ihr eigenes Geld verdienen. Zweitens werden sie die Anrechte auf weitere Veröffentlichung meiner Bücher bekommen. Das ist nicht schlecht, oder? Ich meine, finanziell! O.k. Wir werden es folgendermaßen regeln: Du behältst drei Viertel des Geldes für die Kinder und für Ersparnisse und ein Viertel bleibt für meine letzten drei schönen Monate im Süden. Bist du nun zufrieden? Gott sei Dank!

Warum sind die Frauen nur so? Eigentlich müsste ich das tun, was mein Held am Ende des Romans macht. Was sagst du? Habe ich dir noch nicht erzählt, wie der Roman zu Ende geht? Wirklich? Daran bist du selbst schuld! Du lässt mich ja nie ausreden! Ach, lassen wir diese Streiterei! Jetzt hör mal zu, was im letzten Kapitel passiert. Nachdem er alles durchgemacht hatte, ich meine meinen Helden, verkaufte er alles, was er besaß. Alles. Mit dem gewonnenen Geld fuhr er nach Afrika...
Was?... Oh nein. Er will kein Krankenhaus oder Waisenheim bauen. Nein, er will sich ein Haus kaufen, das früher einem Kolonialisten gehörte. Das Haus wurde damals als eine Art Jagdhaus benutzt, irgendwo in der Wüste. Also, er besorgt sich einen alten Laster, kauft sich in der Stadt ein Jagdgewehr und viele, viele Patronen. Dann belädt er seinen Laster mit Kisten von Konserven und guter Medizin.

(Er trinkt.)

Also, wo war ich? Aha ja! Stell dir vor! Er setzt sich auf seinen Schaukelstuhl vor das Haus, auf seine Terrasse. Neben ihm steht ein Tisch, auf dem seine Schreibmaschine mit einem weißen Blatt im Mund liegt. Darauf steht nur ein einziger Satz: Ich glaube, ich werde morgen sterben. Nur dieser Satz und nicht mehr. Also, er sitzt jeden Tag da, trinkt und isst und wirft leere Flaschen und Dosen mit aller Kraft weg. Dann nimmt er sein Gewehr und versucht, die Flaschen und Dosen zu treffen. Jeden Tag macht er dasselbe, und abends, wenn er müde wird, schläft er in seiner Hängematte ein. So lebt er den Rest seines Lebens, einsam und alleine. Nur manchmal, am Nachmittag, wenn er gerade ein Nickerchen macht und nicht schießt, sieht er mit halboffenen Augen ein paar Einheimische oder durstige Schakale, die unterwegs sind. Das war's schon. Das ist das Ende des Romans. Schön, nicht wahr?

Ich wusste, dass es dir gefallen würde. Ein prachtvolles Ende für einen prachtvollen Kerl wie ihn. Ich wünschte mir, ich könnte auch so leben wie er. Einsam und verlassen. Weißt du, man braucht viel Mut, um ein solches Ende für sich vorbereiten zu können. Den Mut habe ich, aber du lässt mich nicht. Was? Was habe ich vergessen? Ach, Brot einzukaufen. Ich gehe schon, aber sag mal, bist du damit einverstanden, dass ich nach Afrika gehe, dort eine Hütte kaufe und lebe wie er? ... Ha, Ha! Jetzt sagst du ja, aber wenn ich da bin, dann rufst du entweder jeden Tag an, oder kommst einfach hin und zwingst mich, alle leeren Flaschen und Dosen in Mülltüten zu sammeln und nicht die Umwelt zu belasten. Schon gut, schon gut! Ich gehe ja schon! Warum bist du nur so böse!

(Er verlässt die Bühne und legt wieder seine Lieblingskassette ein. Wenig später erscheint der junge Mann. Er ist wie ein Ritter gekleidet. Er nimmt die Kassette wieder raus und legt eine Musik ein, die kämpferisch wirkt. Dann nimmt er sein Schwert und zerschlägt mit Wut und Entschlossenheit alle Sachen, die der alte Mann auf der Bühne angesammelt hat.)

Das ist die Belohnung für einen Verräter. Das bittere Ende für all diejenigen, die immer noch in der Vergangenheit leben und in einem stinkenden historischen Sumpf schwimmen. Keine Gnade, kein Mitleid! Schlag zu! Befreie uns von unseren Verzweiflungen, von unseren Ängsten! Befreie uns von unserer Feigheit und schlag zu, du großer Erlöser! Befreie uns von historischem Schmerz und Leid und von dunkler Vergangenheit und Ungewissheit! Ich taufe euch im Namen neuer Zeitalter, im Namen neuen Bewusstseins, neuer Weisheit und Reinheit.
Vernichtet alle alten Grabmäler und Gefängnisse. Befreit euch von euren Erinnerungen, die Sklaven aus euch gemacht haben. Seid eure eigenen Herrscher und Lenker!

(Nachdem er alles zerstört hat, setzt er sich hin und ruht sich aus. Dann steht er auf.)

Ich will nicht zurück!

(Er geht raus und begegnet dabei dem alten Mann.)

Der Alte: Oh, was für ein Glück!
Endlich ein Lebewesen in diesen kalten und dunklen Korridoren. Verzeihen Sie bitte! Sie sind bestimmt ein Schauspieler, dieses Kostüm steht Ihnen sehr gut. Lassen Sie mich raten... Sie spielen bestimmt in einem klassischen Stück mit. Moment mal! Spielen Sie in dem Stück „Rettet die Sonnenblumen" oder... „ Die Träume des einsamen Alligators"? Vielleicht spielen Sie auch in dem Stück „Ein Ritter ohne Geld und König" oder in einem der sogenannten modernen Stücke, die heutzutage so beliebt sind, wie zum Beispiel in „Schweigende Lämmer schmecken am besten." Ha, ha! Nicht so ernst gemeint! Sein Sie bitte nicht böse! Wissen Sie, ich bin sehr froh, Sie hier zu treffen. Seit Stunden bin ich auf der Suche nach jemandem, der mir sagen kann, wo ich die Verwaltung finde. Das ist sehr wichtig für mich und nicht nur für mich, sondern auch für Leute, die auf mich beziehungsweise auf die Verwaltung warten. Ich habe überall gesucht, aber keinen einzigen Menschen getroffen. Die Türen sind alle verschlossen. Kein Hinweis, keine Schilder, gar nichts! Nur lange Korridore, grau und kalt ohne Stühle, Bilder oder Aschenbecher. Wie ein einsamer Kontinent ohne Menschen und Schmetterlinge. Mein Herr, Sie wissen sicherlich, wo ich die Herrschaften von der Verwaltung finden kann. Seien Sie so nett und zeigen Sie mir bitte, wo es langgeht, bitte!
Der junge Mann: Alter Mann, ich habe wirklich versucht, Ihnen zu zeigen, wo es langgeht, aber Sie wollen es ja nicht begreifen.

Der alte Mann: Was wissen Sie denn schon. Wir sind uns doch heute zum ersten Mal begegnet. Sagen Sie mir bitte, wo ich die Verwaltung finden kann.

Der junge Mann: Es tut mir leid, aber ich weiß es nicht.

Der alte Mann: Was? Das wissen Sie nicht? Das gibt es doch gar nicht. Sind Sie denn kein Schauspieler?... Hallo! Wohin gehen Sie? Antworten Sie mir bitte! Hallo, hallo!

(Der alte Mann betritt die Bühne.)

Die Welt steht auf dem Kopf. Wenn dieser Mann kein Schauspieler ist, was macht er dann in diesem Kostüm? Was macht er überhaupt in einem Kulturzentrum? Vielleicht ist das ja eine neue Mode, oder vielleicht müssen sich bestimmte Leute so verkleiden. Aber, was für Leute? Wahrscheinlich Politiker. Ach, alles ist kompliziert geworden!

(Auf einmal bemerkt er, dass Zuschauer anwesend sind.)

Oh, pardon! Verzeihen Sie bitte! Ich habe wieder denselben Fehler gemacht und unaufmerksam einfach die erste Tür... wissen Sie, hier in diesem Gebäude gibt es unheimlich viele Türen. Was weiß ich, Hunderte oder gar Tausende. Ich habe sie nicht genau nachgezählt, aber es sind sehr viele. Ich verstehe nicht, wozu all diese Türen gut sein sollen. Einige sind verschlossen, andere öffnen sich zu einem leeren Zimmer, in dem nur ein Tisch und ein Stuhl stehen, sonst nichts. Kein Mensch ist zu sehen. Merkwürdig! Finden Sie das nicht auch? Ich muß weitersuchen! Irgendwo in einem Saal wie diesem warten Zuschauer wie Sie auf meinen Auftritt. Aber das ist eine lange Geschichte, die wir besser lassen. Ich möchte mich bei Ihnen entschuldigen, dass ich hier so unachtsam hereingeplatzt bin. Zum Glück läuft hier im Moment keine Vorstellung! Das erleichtert mich. Eigentlich geht mich das Ganze hier überhaupt nichts an, aber es scheint mir, dass die Vorstellung vorbei ist. Wissen Sie, ich habe einige Erfahrungen in solchen Sachen. Wie gesagt, ich bin ein Experte. Sehen Sie mal hier, wenn eine Bühne so aussieht, Sachen zertrümmert, zerschlagen und zerrissen, alles durcheinander, dann bedeutet das, dass die Geschichte ihre Ende erreicht hat. Wenn es am Anfang so aussähe, dann wäre das etwas anderes. Es ist auch durchaus möglich, dass im Moment Pause ist... Nein, ausgeschlossen! Wenn es so wäre, dann wären Sie nicht hier, sondern in der Kantine. Wie gesagt, es geht mich nichts an. Bitte verzeihen Sie meinen unnötigen Aufenthalt hier, ich muss zu meinem Publikum. Sie warten auf mich, eigentlich auf die Verwaltung und die Rückgabe ihrer Eintrittsgelder. Hab ich doch gesagt, eine lange komplizierte Geschichte... Ich muss weiter, es hat mich gefreut.

(Er schaut sich auf der Bühne um.)

Das war bestimmt eine interessante Vorstellung mit viel Spannung und Aktion.

(Er hebt ein Stück Papier vom Boden auf.)

Interessant! Sehen Sie mal. Nie werden die Zuschauer herausbekommen, was auf solchen Blättern steht. Sie werden das glauben, was die Schauspieler sagen. Weint und schreit einer in tragischen Szenen zum Beispiel: Oh, meine herzlose Geliebte, ich zerreiße alle deine Liebesbriefe, alle deine Lügen... usw, oder schreit ein Wissenschaftler in einer Szene, in der sein Gewissen reuevoll erwacht: ... Oh, was habe ich den Menschen angetan, ich werde alle diese teuflischen Formeln vernichten, dann sind das weder echte Liebesbriefe noch wissenschaftliche noch die letzten Gedichte eines Dichters, der am Ende der Vorstellung Selbstmord begeht. Die Zuschauer werden nie erfahren, was darauf steht. Vielleicht sind alles wertlose Kopien. Die Mülleimer aller Universitäten sind voll davon, oder man findet sie stapelweise vor den Altpapiercontainern. Wer weiß! Schauen wir mal, was auf diesen Blättern steht. Ich werde es Ihnen verraten. Eine einmalige Gelegenheit!

(Er trinkt.)

Verzeihen Sie bitte, aber das ist eine Medizin gegen meinen Husten, eine alte Krankheit. Zwei bis dreimal täglich muss ich sie nehmen. Also, wo waren wir... ach ja, ich werde Ihnen dieses unwichtige Stück Papier vorlesen. Fangen wir an! Allerdings hat es keinen Titel. Vielleicht ist die vorige Seite irgendwo auffindbar, doch lassen wir das. Mal sehen!

(Er liest den Text leise für sich selber.)

Aha ja, interessant. Das gibt's doch nicht. Unglaublich! Sie werden es mir nicht glauben, wenn ich Ihnen erzähle, was hier steht. Sie werden es nicht für möglich halten. Ich habe ja schon immer gesagt, dass das Leben einfacher ist, als wir glauben, und komplizierter, als wir es sehen. Interessant! Wirklich interessant.

(Er liest weiter, überrascht und erstaunt.)

Wissen Sie, es gibt Dinge im Leben, die einfach unerklärlich sind. Das hier ist eine davon. Zwei Menschen, die sich nie begegnet sind und nichts voneinander wissen, erleben dasselbe Geschehen am selben Ort mit denselben Leute. Sie schreiben beide denselben Text. Erstaunlicherweise sogar in derselben Sprache und mit derselben Handschrift. Das verstehe ich nicht. Lassen Sie mich weiterlesen.

(Er liest den Text weiter und verlässt dabei die Bühne. Wenig später schaltet er die Musik aus und kehrt zurück, wütend und enttäuscht.)

Das hier ist mein Text, hier ist meine Bühne, und der ganze Kram da sind meine Sachen. Warum? Warum haben Sie mir das angetan? Warum haben Sie alle meine Sachen kaputtgemacht? Meine Bilder, meine Fotos, mein Tagebuch, alles, was mir wichtig und wertvoll war?

(Er versucht, seine Sachen aufzuräumen.)

Ich habe Ihnen doch gar nichts getan. Ich habe Sie immer für ein zivilisiertes Publikum gehalten, voller Respekt und Würde. Und was ist das hier? Ein Verbrechen an der Kultur, nur des Geldes wegen. Ich habe Ihnen doch versprochen, dass ich die Sache irgendwie regele. Ich habe die ganze Zeit nach dieser verfluchten Verwaltung gesucht. Ich wollte, dass Sie unbedingt Ihre Eintrittsgelder zurückbekommen. Ich habe um Ihr Verständnis gebeten und um Ihre Bereitschaft, kurz zu warten. Ich war davon überzeugt, dass wir uns gut verstanden haben. Während ich alter Esel unterwegs war, haben Sie mich hinter meinem Rücken verspottet und ausgelacht und gemeinsam mit dem jungen Verräter alles kaputtgeschlagen. Ich bin zwar alt, aber nicht so dumm, wie Sie gedacht haben. Eines möchte ich klarstellen. Ich beschuldige Sie nicht, selbst und direkt das hier verursacht zu haben. Die Vorstellung wäre lächerlich, Sie hätten sich auf einmal dazu entschieden, auf die Bühne zu stürmen und alles durcheinander zu schmeißen. Nein, nein, so dumm bin ich nun auch wieder nicht.

(Er trinkt.)

Bevor ich wieder einen meiner furchtbaren Hustenanfälle bekomme, muss ich ein paar Schlucke von dieser unerträglich bitteren Medizin nehme. Jedes mal, wenn ich- wie jetzt- nervös werde, bekomme ich schmerzhaften Husten. Daher bin ich auf dieses Heilmittel angewiesen. So, wo war ich? Ach so. Die Sache hat sich folgendermaßen abgespielt. Ich kann das genau beschreiben. Schließlich bin ich Fachmann und weiß, wie man eine Szene vorbereitet. Also, es war so: In der Zeit, in der ich auf der Suche nach der Verwaltung war, um eine vernünftige Lösung für unser Problem zu finden, in der Zeit, in der ich als einfacher Mann, ratlos, müde, hungrig und durstig Ihretwegen in diesem Labyrinth unterwegs war, haben Sie sich wahrscheinlich gelangweilt. Ich kann gut verstehen, wie Ihnen zumute war, als Sie sich mit meiner Absage abfinden mussten, aber so etwas passiert doch nicht jeden Tag. Daher hätten Sie das als Ausnahme betrachten können. Aber gehen wir Schritt für Schritt vor.

Ich war auf der Suche. Sie waren alleine und gelangweilt. In diesem Moment kam Ihnen der junge Mann zu Hilfe. Er hat auf alle Fragen eine passende und logische Antwort. Er erklärt Ihnen, worum es geht. Er stellt sich auf Ihre Seite und erzählt Geschichten über sich und mich und unsere Beziehung. Er stellt sich als der intelligenteste Teil meines Lebens dar und bezeichnet mich als alten Spinner, als alten Mann, der längst seine Beziehung zur Realität verloren hat. Er, ein junger Mann, ist gebildet und kann sich schlau jeder Situation anpassen. Eigentlich war es Ihnen egal. Hauptsache war, dass jemand auf der Bühne steht, um Sie zu unterhalten. Auch das, was er erzählt hat, war Ihnen im Grunde genommen gleichgültig, selbst wenn es gelogen war.

Sie wollten, dass für Ihr Geld jemand auf die Bühne kommt und Sie amüsiert und... und das kann er sehr gut.

(Er trinkt.)

Also, alles war vorbereitet, die Bühne hergerichtet und der Schauspieler auch da. Jung und sympathisch, wie ein Held. Auch Sie, das Publikum waren anwesend, erwartungsvoll und hungrig. Was fehlte dann? Das Opfer. Das bin ich. Ich wurde beschuldigt, das Leben dieses jungen Mannes durch meine Entscheidung, zurückzukehren, zu ruinieren. Obwohl er ein Teil von mir ist und ich das Recht dazu habe. Aber ich muß kapitulieren. Also, in einem kurzen Prozess, der eher eine Revolte war, wurde ich für schuldig erklärt und musste bestraft werden. Die Strafe lautete, dem alten Mann sollen seine Vergangenheit und all seine Erinnerungen weggenommen werden. Und was passiert dann? Unter Ihrem Beifall und Applaus nimmt der junge Mann sein Schwert und schlachtet damit meine Vergangenheit. Jetzt glaubt er, da ich alle meine Erinnerungsstücke, die mich am Leben hielten, verloren habe, würde ich meine Entscheidung rückgängig machen und hier bleiben.

Nach allem, was bis jetzt passiert ist, bin ich Ihnen nichts mehr schuldig. Da ich aber ein Gentleman bin, werde ich weiter versuchen, Ihre Eintrittsgelder zurückzubekommen. Und was den jungen Mann -Ihren Helden- angeht, es erwartet ihn ein langweiliges Leben .

Stellen Sie sich vor! Trotz allem werde ich zurückkehren und er wird, weil er ein Teil von mir ist, gezwungenermaßen mitkommen.

Jeden Tag, wenn ich mich in der Teestube mit den anderen zum Teetrinken und Plaudern treffe, wird er danebensitzen. Ich werde ihm keine Gelegenheit geben, sich zu äußern und wichtig zu tun. Ich werde aus ihm einen Narren machen, einen schweigenden Clown. Wie? Ha!

Jedes Mal, wenn die Leute mich fragen, Meister, wie war es dort drüben, erzählen Sie uns bitte davon, über die Menschen und das Leben dort, dann werde ich genau in dem Moment, wo er sich vorbereitet, zu reden und von seinen Erfahrungen zu erzählen, sagen... Ach, da war nichts Interessantes dabei. Ha ha ha, da war nichts Interessantes dabei. Er wird nicht zu Wort kommen, wie ich in all den letzten Jahren. Es ist verrückt. Viele werden mich fragen: Wie ist es da drüben? Wie leben die Menschen dort? Was wissen sie? Wie ist der Umgang miteinander? Wie denken sie über uns? Wie funktionieren Universitäten und Hochschulen dort? Wie ist es dort mit Kultur, Kino, Theater und Literatur? Wie weit sind sie? Gerade in den Momenten, in denen sich der junge Mann, der da oben sitzt,

(Er zeigt auf seinen Kopf.)

riesig freut und sich bereit macht, über sein Leben und seine Erlebnisse hier zu reden, werde ich zu allen, die diese Fragen stellen, sagen: Ach, wisst ihr, ich bin überhaupt nicht da gewesen. Ich war die ganze Zeit hier. Irgendwo, in einer Ecke meiner Heimat. Ich war nicht da. Ha, ha,... Ich war überhaupt gar nicht da, ha, ha...!

(Er verlässt die Bühne, kommt aber wieder zurück.)

Ich war überhaupt nicht da! Interessant! Das bringt mich auf eine Idee für eine Geschichte. Irgendwann erzähle ich Ihnen diese Geschichte mal, aber nicht jetzt. Ich habe etwas zu erledigen. Später. Ha, ha... Ich war überhaupt nicht da. Interessant!

(Er geht raus. Der junge Mann betritt die Bühne, enttäuscht und traurig)

Ich habe überall gesucht und gesucht und nichts gefunden. Ich glaube nicht mehr, dass dieser mysteriöse Text existiert. Vielleicht wollte er ihn schreiben oder hat ihn bereits geschrieben, aber verloren oder hat vergessen, wo er ihn versteckt hat. Was weiß ich! Er hat sich entschieden zurückzukehren, und ich muss mit. Nur das ist wichtig, vielleicht aber auch nicht. Er selbst verliert sein ganzes Leben dabei. Seinen ersten Teil hat er damals vergeudet und macht mit dem zweiten Teil jetzt denselben Fehler. Damals war er das Opfer, heute bin ich es. Ein halbes Leben in der Heimat und ein halbes im Exil. Kein vollkommenes Leben, kein richtiges. Wie eine Kutsche mit zwei Pferden, die in verschiedene Richtungen laufen. Der arme Mann ist nicht mehr zu retten, aber ich muss ihn suchen. Er braucht meine Hilfe. Ich soll ihm helfen, die Verwaltung zu finden.

(Er will die Bühne verlassen, aber...)

Ach, übrigens, zu der Geschichte, die er Ihnen erzählen will: Erstens hat er sie schon vor Jahren geschrieben und kann sich nur nicht mehr daran erinnern. Er glaubt, es sei eine neue, aber sie ist längst geschrieben worden und landete wie viele andere im Keller. Zweitens wird er sowieso vergessen, was er Ihnen versprochen hat. Daher erzähle ich Ihnen nun, was es mit der Geschichte „Ich war überhaupt nicht da" auf sich hat. Es geschah in einem unbekannten Land, irgendwo in Asien. Es geht um einen jungen Mann, der wie viele andere seiner Generation von dem Militärregime verfolgt wird. Viele verlassen das Land. Er will auch fliehen, schafft es aber nicht, da er kein Geld hat, seine Flucht zu finanzieren. Eine Weile beschäftigt ihn dieser Gedanke, aber dann entscheidet er sich eines Tages, dort zu bleiben und nicht mehr an Flucht zu denken. Er bleibt also, und weil er immer noch verfolgt wird, verbreitet er direkt und indirekt die Nachricht, er sei nicht mehr im Lande, sondern geflohen. Kurz gesagt, er nimmt eine neue Identität an und reist durch sein Land. Mit Gelegenheitsjobs verdient er seinen Lebensunterhalt.

Da er ständig in verschiedenen Orten und in Kontakt zu verschiedenen Leuten ist, sammelt er kostbare Erfahrungen und Kenntnisse über Leben und Leiden seiner Landsleute. Er schreibt Briefe an seine Familie und seine Freunde. Er schreibt, dass seine Gedanken und seine Seele, obwohl er im Ausland und sehr weit weg sei, doch in der Heimat geblieben seien. Er beschreibt und schildert seine Eindrücke und Gefühle in Form von kleinen Geschichten und Gedichten. Und das kann er sehr gut, im Gegensatz zu seinen Freunden, die wirklich im Exil leben und keine rechte Vorstellung von der inneren Lage im Lande haben. In seinen Briefen empfiehlt er immer wieder, die Hoffnung nicht aufzugeben, bald würde alles besser werden. Seine Briefe werden bald überall kopiert und verteilt. Es werden kleine Gruppen gegründet, um diese Aufgaben zu übernehmen. Seine Briefe werden als Flugblätter gedruckt und unter die Menschen gebracht. Er wird berühmt, bleibt dem Regime aber trotzdem persönlich unbekannt. Die Machthaber werden nervös und lassen alle Postsendungen aus dem Ausland Blatt für Blatt kontrollieren. Ohne Ergebnis. Keiner weiß, dass er im Lande bei seinen Leuten lebt und arbeitet, als Träger, Gärtner, Fahrer oder so ähnlich. Er schreibt immer wieder Briefe und gibt den Menschen damit Kraft und Hoffnung. Er wird zum Hoffnungsträger einer unterdrückten Nation, zum Helden seines Volkes. Also, eines Tages sind die Machthaber reich und müde geworden, und das Volk hat nichts mehr zu essen. Es gibt eine Revolution. Er wird von Volk und Parteien als Präsident gewählt und umjubelt. Seine erste historische Rede, bei der ihm das ganze Land zuhört, beginnt er mit dem Satz „ ... Ich war überhaupt nicht da". Natürlich glaubt ihm keiner, aber er wollte endlich die Wahrheit sagen, da er nun die Gelegenheit dazu hatte. Als er diesen Satz zu Ende gesprochen hatte, wurde es für einen Augenblick im ganzen Land so still, wie man es noch nie erlebt hatte. Dann kam das große Gelächter, und als er den Satz wiederholte, haben wieder alle gelacht, auch er selbst. Es war einmalig, wie ein ganzes Volk auf einmal gemeinsam lachen konnte, ohne Angst und Sorgen. Das war die Geschichte. So, ich muss los. Ich muss den alten Mann finden. Ich möchte ihm helfen, die Verwaltung zu finden. Er braucht meine Hilfe.

(Er verlässt die Bühne, und der alte Mann erscheint)

Lady, meine Lady! Wo bist du? Ich möchte dir was erzählen. Ich habe meine historische Rede zu Ende geschrieben, aber es ist nicht die Rede, die ich bei der schon erwähnten großen Veranstaltung halten werde, sondern... Weißt du, ich habe mir gedacht, dass wir eins nicht vergessen dürfen. Am Tage unserer Rückkehr wird im Flughafen sowieso eine große Empfangszeremonie stattfinden. Stell dir vor, man wird von mir erwarten, dass ich ein paar Worte sage und meine ersten Eindrücke und Gefühle schildere. Bestimmt werden einige Journalisten und Fotografen und Medienvertreter dabei sein. Ich habe doch nicht gesagt, dass man mir einen roten Teppich ausrollen wird. Oh, Frau! Sei doch bitte nett und hör mir zu! Das hier ist eine ernste Angelegenheit. Etwas Historisches. Ich muss mich darauf vorbereiten. Wo war ich? Ach, bei der Rede. Ich habe mir überlegt, eine kurze, aber bedeutungsvolle Rede zu halten. Weißt du, warum? Du kannst dich doch bestimmt an den Flughafen unserer kleinen Stadt erinnern. Die Empfangshalle ist klein und bescheiden. Es werden bestimmt viele Menschen kommen! Viele werden ihre Kinder und sogar die Enkelkinder mitbringen, damit sie diesen großen Augenblick erleben. Unsere Familien, Verwandte und Freunde werden schon ein paar Stunden vorher auf die guten Plätze geleitet. Und nur stell dir das Szenario vor! Es ist Sommer, und du weißt, wie heiß es bei uns ist. Also, an einem heißen Sommertag warten in einer kleinen Halle einige Tausende, in einem Flughafen ohne jeden Komfort. Es gibt keine Getränke, kein Wasser. Die Kinder sind durstig, und die Älteren werden ungeduldig. In einer solchen

Situation wird man von mir nicht erwarten, dass ich eine Rede von zwanzig oder dreißig Seiten halte. Deshalb habe ich mir gedacht, es wäre vernünftig, nur ein paar Sätze zu sagen, nicht mehr. Außerdem wäre es doch gut und richtig, wenn ich meine wirklich große historische Rede dort vorbereiten würde, wo ich in der richtigen Atmosphäre bin. Du weißt, das Land, die Leute... also, pass auf! Jetzt kommt der große Moment.

(Er legt eine Kassette, die er mitgebracht hat, in den Rekorder.)

Stell dir vor, das Flugzeug ist gelandet. Mein Herz schlägt wie verrückt, und Tausenden anderer Herzen geht es genauso. Die Tür wird geöffnet, und die Gangway wird festgemacht. Nachdem die ersten Passagiere die Maschine verlassen haben, erscheinen wir auf der Treppe. Die Leute werden unruhig und sind gespannt. Die Fotografen blitzen mit ihren Kameras. Die Kinder und Jugendlichen schreien und jubeln. Wir steigen die Treppe herunter.
Endlich, nach so vielen Jahren sind wir wieder da, auf unserem Boden. Was hieltest du davon, wenn ich in diesem Moment niederknien und den Boden küssen würde? Aber vielleicht ist das zu klischeehaft. Lassen wir das lieber. Wir kommen in die Halle. Man führt mich höflich und würdevoll auf die Tribüne, nachdem ich in der Menge gebadet und Tausende von Küssen und Umarmungen ausgetauscht habe. Nun stehe ich da, auf der Tribüne. Die Menschen werden ruhig und aufmerksam. Ich hole meine Rede aus der Tasche und fange an: Liebe Landsleute, egal, wo ihr reist und wie lange ihr dort bleibt, vergesst auf gar keinen Fall, ein Rückflugticket zu kaufen, besonders ihr jungen Leute. Danke! Ich danke Euch.

(Er macht den Kassettenrekorder an. Man hört das Publikum jubeln und applaudieren. Er bedankt sich beim

Theaterpublikum und verlässt die Bühne. Kurze Zeit später kommt der junge Mann auf die Bühne. Er nimmt den Koffer des alten Mannes. Er schaltet den Kassettenrekorder aus und nimmt ihn mit, als er rausgeht.)

Ende.